ハーレクイン文庫

尖塔の花嫁

ヴァイオレット・ウィンズピア

小林ルミ子 訳

HARLEQUIN
BUNKO

THE MAN SHE MARRIED

by Violet Winspear

Published by Harlequin Japan, a Division of K.K. HarperCollins Japan, 2023

◆主要登場人物

グレンダ・ハートウェル……ハートウェル家の養女。
エディス・ハートウェル……グレンダの養母。故人。
アーサー・ブレイク卿……エディスの友人。
サイモン・ブレイク……アーサーの息子。近衛兵。
マルロー・アルマン・デアス……グレンダの夫。製鉄会社経営者。愛称マル。
ジーン・タルボット……マルの姉。夫を亡くした女性。
ロバート……ジーンの息子。七歳。
レイチェル、レネ……マルの双子のいとこ。

尖塔の花嫁

1

バートン・ル・クロスの人々にとって、カメラマンまで詰めかけるような盛大な結婚式を目の当たりにするのは実に久しぶりのことだった。

もちろん人々はこんなふうに言い合った。花嫁であるグレンダの母親のエディス・ハートウェルが、娘の晴れ姿を見るまで生きていられなかったのは気の毒だ。美しいレースのベールをかぶり、純白のサテンのウエディングドレスに身を包んだ娘を見たら、エディスはさぞかし誇りに思っただろう、と。

グレンダが教会のなかに足を踏み入れると、カメラマンたちはベールを上げて顔を見せてくれ、といっせいに声をかけた。しかしグレンダはベールをかぶったまま、母親の親しい友人のアーサー・ブレイク卿《きょう》とともに通路を進んだ。祭壇の前に立ってもベールを上げようとはしなかった。

グレンダにはこの結婚式が現実に起こっていることだとは思えなかった。頭に浮かぶのは、ノルマン様式の古いこの教会で、つい先日行われた母のエディスの葬儀のことだ。あの日は雨が降っていた。グレンダは雨と涙に頬を濡《ぬ》らしながら、エディスの棺《ひつぎ》が地中深く埋められるのを見守ったのだ。彼女は十歳のときからエディスと暮らしはじめた。誰もがふたりは本当の親子だと思っていた。

この教会にいる者はみんな、エディス・ハートウェルの娘とマルロー・デアスの結婚式に参列しているのだと信じきっている。グレンダとアーサー卿だけが真実を知っていた……エディスの実の娘は九年前に亡くなり、マルタ島で眠っていることを。

「わたしにはこんなことはできないわ」グレンダは式の前にアーサー卿にすがるように訴えた。

「やるしかないんだ。エディスはたしかにひどいことをした。しかし彼女はきみにとっては大恩人だ。もしきみがデアスと結婚しなかったら、エディスとの約束を破ることになる。いいかい、エディスがきみをランディドノの孤児院から引き取り、贅沢《ぜいたく》な暮らしをさせてくれたことを忘れてはならないぞ」

悪夢にも似たそのときのやり取りを思い出しながら、グレンダは隣に立つ長身で褐色の肌をしたマルロー・デアスとともに結婚の誓約の言葉を唱えた。それからマルローは彼女の手を取り、ベールの奥の顔を探るように見つめながら金色の結婚指輪をはめた。

彼は、マルロー家の家長だった祖父のデュバル・マルローが十年前に婚約させた娘と結婚するのだと思っている。デュバルは死の床につくと、枕《まくら》もとに孫息子とエディスの娘に死の間際にグレンダに結婚するよう約束させたのだ。エディスも同じように死の間際にグレンダに結婚するよう約束させた。

「わたしはマルロー家を長いことだましつづけてきたの」

エディスは激しい痛みに襲われていたが、グレンダが結婚すると約束するまで薬をのもうとしなかった。グレンダは彼女を母親だと思って慕っていたので、愛してもいない見ず知らずの男性と結婚することに仕方なく同意したのだ。

「わたしの本当の娘は船旅の途中に心臓発作で亡くなり、マルタ島に埋葬したとはマルロー家には言えなかったの」エディスは切れ切れに息をしながら話を続けた。「そんなことを言ったら、わたしへの援助はすぐに打ち切られていたでしょう。そうしたら、わたしはどうやって生きていけばよかったの？　働いたことなんて一度もないのよ。デュバルはわたしの娘と彼の孫息子を結婚させるつもりで、わたしの生活費を払いつづけてきたんだから」

オルガンの音が響き渡るなか、グレンダはマルロー・デアスの腕に手をかけて結婚証書にサインしに向かった。マルの母親はフランス人だが、彼はイギリスで生まれた。結婚証書にサインしてしまえば、正真正銘の夫婦となってしまう……。グレンダの顔は青ざめ、体が震えた。

エディスが孤児院からグレンダを引き取ってすぐに、ハートウェルという姓に変えさせたわけがようやくわかった。にこやかな笑みを浮かべて、名前もグレンダにしたらどうかと勧めたわけも。

でも断れる子供なんているだろうか？　エディスの緑色の大きな目はやさしげで、毛皮に身を包んだ体からは香水のいいにおいがしていた。

グレンダはペンを落としそうになったが、それでもなんとか結婚証書にサインを書いた。見事な仕立てのグレーのスーツにたくましい体を包んだ花婿はすでにサインを書き終えている。マルロー・アルマン・デアス。名は体を表すというが、持ち主と同じくらい力強くて立派な名前だ。しかしその人は自分が他人になりすました女と結婚したことを知らない。

「ベールを上げなさい」マルがふいに命令するように言った。「ここに集まった人々はきみの顔を見たがっているんだから」

その言葉を聞いた瞬間、グレンダは気を失って、床に倒れこんだ。するとアーサー卿が駆け寄ってきて、花婿を諭した。「いいかね、グレンダは母親をなくしたばかりなんだ。エディスは愛情深い母親で、母娘《ははこ》はいつも一緒にいたんだ。それを考えれば、グレンダは気丈に振る舞っていると思うよ。なんせ、エディスに花嫁姿を見せられなかったんだからね」

夫になったマルとともに空港に着いたころには、グレンダの緊張はいくらかやわらいだ。シャンパンが気持ちを高揚させてくれたからだ。しかし飛行機に乗りこむときに彼に腰に手を添えられると、彼女の神経はふたたびぴりぴり張りつめた。これから飛行機でフランスのアンジュービラーズに飛び、彼の城のあるロワールに向かうことになっているのだ。

飛行機が飛び立つとすぐにグレンダは豪華な化粧室に向かった。そして鏡をじっとのぞきこみ、青白い顔のなかで炎のように輝く琥珀色《こはくいろ》の目を見つめる。マルはこの目の色に気づいただろうか？　グレンダはそう思い、ぞくりと身を震わせた。

ウエディングドレスを身に着けたときにはまだいくらか勇気を持ち合わせていた。しかし結婚証書にサインしたあと、気を失ったのは、罪の意識と恐怖にとうとう耐えきれなくなったからだ。というのも、マルロー・デアスが信頼を裏切った者を決して許さない人だということを本能で感じ取ったからだ。彼と結婚するということは、裏切り行為にほかならない。エディスの恩に報いるために、マルと結婚したが、真実を知られたときに、彼に何をされるかなんて恐ろしくて考えたくもない。

グレンダは左手の指輪を見やり、祭壇でマルがそれをはめる前に、ベール越しに彼女を見ていたことを思い出した。彼はあのとき何を思っていたのだろう？　花嫁を勝手に押しつけられたことに腹を立てていたのだろうか。イギリス人の血を引いている彼は、許嫁《いいなずけ》を決めるラテンの伝統が受け入れがたいのかもしれない。

グレンダは手をぎゅっと握りしめた。わたしが祖父の枕もとで手をつないだ少女ではなかったと知ったら、彼はどれほど怒るだろう。

ほかにもたくさんいた十歳の孤児のなかからわたしが選ばれた理由は、エディスの娘と同じウェールズ人特有の透き通るような肌と、それと見事な対照をなす赤褐色の髪をしていたからだ。ただし目だけは違っていた。エディスの亡くなった娘は母親ゆずりの濃い緑色の目をしていた。

グレンダは鼓動が速くなるのを感じながら、ふたたび鏡のなかの琥珀色の目を見つめた。マルロー・デアスがすぐれた記憶力の持ち主だったら、大変なことになる。結婚の取り決めを交わしてから十年も経《た》つのだから、マルが許嫁に選ばれた娘の目の色を忘れているという望みにすがるしかない。

それにしても、彼がバートン・ル・クロスに住む婚約相手を一度も訪ねてこなかったのはなぜだろう。孤児院から引き取られてから、その町の丘の上に立つ白い屋敷がずっとグレンダの家だった。エディスは昔の友人から逃れるためにチェルシーを離れ、そこに引っ越してきたのだ。バートン・ル・クロスでできた新たな友人は、ふたりが血がつながっていないなんて夢にも思っていなかった。エディスが真実を打ち明けたのは、アーサー・ブレイク卿だけだ。

楽観的な人柄のアーサーは、嘘《うそ》をつきつづけるようにエディスを励ましたのだろう。彼女が亡き夫の親戚《しんせき》であるマルロー家から多額の生活費を受け取っていたことを知っていたに違いないからだ。愛情深くてやさしいが、贅沢好きなエディスは、グレンダにも惜しみなく金を使い、最高の教育を受けさせた。そしてグレンダが成長して、ケルト系の特徴が色濃く出てくると、旅行にも連れ歩くようになった。女の子は成長すると変わるのよ、とエディスは言っていた。だから昔の友人にばったりでくわしても、彼らは肌と髪の色とわたしたち親子が愛し合っていることにしか目がいかないはずよ、と。

今日行われた結婚式をグレンダは拒絶することはできなかった。エディスにすがるように手を握られて懇願されたからだ。「わたしを詐欺師にして死なせないで。マルロー家は誇り高い一族なの。わたしの本当の娘が亡くなったことはアーサーしか知らないわ。お願い、わたしのために結婚して。これは罪のない嘘なのよ」

罪のない嘘なんかではなかった。どういう行く末が待ち受けているかわからない邪悪な嘘だった。グレンダが結婚した男性も謎《なぞ》めいていて、どういう行動に出るのかもわからなかった。真実を知られたら、絞め殺されるかもしれない。ここにいるグレンダは赤ん坊のときに母親に捨てられ、本当の名前もわからない素性の持ち主なのだから。

グレンダは勇気のかけらをかき集めて化粧室から出た。アイボリー色のスーツを着て、目が隠れるように帽子のつばを引き下ろしてかぶっている。今日一日、なんとか顔を隠そうとしてきたのだ。通路を歩く脚がぶるぶる震えている。九年前に亡くなった娘になりすまして結婚した男性の隣に座る気になれなかったからだ。彼はいまや、恥ずべき大嘘つきを妻として迎えてしまったのだ。

罪悪感から逃れるすべはグレンダにはなかった。結婚の約束があることはエディスがまだ元気なころに聞かされたので、グレンダも知っていた。けれども具体的に話が進む前に、養女であることをマルに打ち明けるものだと思っていたので、結婚は取りやめになるだろうと軽く考えていた。

やがてエディスが病気になり、手術を受けた。そのおかげでしばらくは小康状態が続いたが、すぐに悪化して末期の状態に陥った。グレンダはそのときになって自分がエディスの嘘の共犯者にされていることに気づいたのだ。けれども命が尽きようとしているエディスに抗議することはできなかった。

「何年も前に顔を合わせただけの見合い結婚なんだから、気づきやしないわ」エディスは病の床で息をぜいぜいさせながら言った。「フランス人は見合い結婚になんの偏見も抱いていないの。マルのお母さんはフランス人だし。ねえ、グレンダ、あなたはわたしにとって本当の娘も同然だわ。あなたもわたしと暮らせて幸せだったでしょう?」

そのとおりだった。エディスと暮らした日々はこの上なく幸せだった……。

グレンダはようやく座席に戻って腰を下ろした。するとマルが鋼のような冷ややかな目で彼女をじっと見つめながら、ワイングラスを差し出した。グレンダはたちまちもう二度と幸せにはなれないのだという思いにとらわれた。

「飲みなさい」マルは促した。「まだ顔が青白いね。花嫁は花婿の足もとなんかに倒れこんだりしないものだよ。気持ちが高ぶったせいなのか？」

グレンダはぎこちなく笑みを浮かべ、グラスに口をつけてワインをごくりと飲みこんだ。

「ぼくたちは互いのことを知る必要があるな。赤の他人も同然だからね。けれども、きみがまだ目をきらきらさせていた少女のころに、ぼくたちは会ったことがあるんだよ、覚えているかい？」

グレンダはふたたびワインに口をつけた。怖くて彼と目が合わせられなかった。するとマルがさっと手を伸ばしてきて、帽子を脱がせた。

「このほうがいい。きみの顔が見られるからね。ずいぶん引っこみ思案になったものだ。昔のきみは目を合わせても堂々としている活発な女の子だったけれど」

マルはシルクのようにつややかな彼女の赤い髪を見やり、それから白い肌にくっきりと浮かび上がる赤い唇に目を移した。窓から差しこむ光が琥珀色の目をきらめかせている。

「きみのまつげが長かったことも覚えているよ」マルはつぶやくように言う。

グレンダはマルのほうに目を向け、グラスの柄にかかる彼の指を見つめた。その指は長くてほっそりしているが、手は大きくてたくましい。その手だったら、女性の首も造作なくへし折れるだろう。「気心が知れていないのに結婚しても、夫婦になった実感なんて湧《わ》くはずがない」彼はそう言って黒い眉を上げた。「だから式の最中に気が遠くなるのも無理はないな。いまは少しは気分が落ち着いたかい？」

なかったの？」グレンダは返事をした。「エディスが――わたしの母が亡くなる前に、あなたがわたしに会いに来てくれたらこれほど緊張しなかったと思うわ。なぜそうしてくれなかったの？」

「このせいだ」彼は顔の左側に手で触れた。「きみと会った十年前とは、違う顔になってしまったからね。二年前に工場が火事になったときに、この火傷《やけど》を負ったんだ。かわいいお嬢さんにはこんな顔のぼくではなくて、もっとましな顔をしていたぼくを覚えていてほしかったんだ」

グレンダは彼の左の横顔を見やった。たしかに昔の彼はもっとハンサムだっただろう。張り出した頬骨を覆う褐色の肌にはいまも火傷の跡が生々しく刻まれている。しかしその傷が引きつれて目や口もとをゆがませても、醜いというよりも、彼女の目には不吉なことが起こる予兆のように見えた。

「さぞかし痛かったでしょうね？」グレンダはとっさにそう言っていた。そしてずいぶんと子供っぽいことを口走ったのに気づき、真っ赤になって顔を伏せた。「ばかなことを言ってしまったわ。死ぬほど痛かったに違いないのに」

「そういうことか」彼の口から葉巻の煙が流れた。「結婚式の最中にきみはこの火傷を見て、ショックを受けたわけだな。一生これを見て暮らさなきゃいけないから」

「わたしはそんなことでショックを受けるほど子供じゃないわ」彼女はあわてて言った。

マルは彼女の顔を見やった。「なぜ整形手術を受けないのかと思っているんだったら、ぼくの場合、受けてもこの火傷の跡を消すのはむずかしいからだ。それに医者に顔を切り刻まれるのにも耐えられないしね。ぼくはもともと顔の骨格はしっかりしているのに肌が薄いらしい。まあ、役者を目指していたわけではないし……」

「もういいわ」グレンダは彼の言葉をさえぎった。「わたしが気にしているのは、その傷ではないの」

「ぼくたちのあいだに恋愛感情がまったくないまま結婚したからかい？」

「ええ、そうよ」

「そんなこと気にすることはない！」彼は口をゆがませて笑った。「ノワール城に着いたら、そんな心配事は忘れるさ」

「お願いがあるの――」彼女は心臓が激しく打つのを感じながら蚊の鳴くような声で言った。罪悪感に押しつぶされそうで胸がむかむかしていた。亡くなった娘になりすまして誓った結婚の言葉も神聖なものなのだろうか？　自分の罪がもうじき暴かれることがわかっているぺてん師のような気がしなくなる日は来るのだろうか？　そんな気持ちなのにどうすればマルのことを夫だと思えるのだろう。マルは容赦のない厳しい人物のように見える。いったん決めたことは徹底的にやるのだろう。女性の心を粉々にしようとしたら、躊躇《ちゆうちよ》せずに最後までやり遂げるに違いない。

「時間がほしいのかい?」彼は葉巻をくゆらせた。「ぼくのことを知り、夫だと思えるようになるまでの時間が」

「わたしは――」彼女は指が震えているのに気づき、ワイングラスをテーブルの上に置いた。

「ぼくたちがいつか夫婦になることはあらかじめわかっていたじゃないか」彼は細めた目を光らせた。「きみがこの結婚に気乗りしていなかったんだったら、きみのお母さんはいつでもそれをぼくに伝えることができた。でもきみが結婚すると約束した年齢になるまで、きみたち親子はぼくに何も言ってこなかった。結婚を取りやめたかったんだったら、祭壇に立ってぼくの手を取る前に言うべきだったね」

マルは唐突にワイングラスを置き、グレーのスーツのポケットから小さな箱を取り出した。グレンダは舌がもつれたように黙って彼を見つめていた。マルが蓋《ふた》を開けると、金で縁取られたハート形のダイヤモンドが箱のなかできらきら光った。

「これは祖母のものだったんだが、これからはきみが持っているのがふさわしいだろう」

「そんな大切なものは受け取れないわ」

「受け取ってくれ」マルはグレンダの手を強引に握った。彼の手は力強く、グレンダはそれ以上抵抗するのをあきらめた。マルはダイヤモンドの指輪を彼女の指にはめた。美しいカットが施されたダイヤモンドは、彼女の指で本物だけが持つ優美なきらめきを放っている。

マルは彼女を見つめたまま、指輪をはめた手を持ち上げて手のひらにそっとキスした。

「フランスでは男性は恋人や妻には手のひらにキスをする。親戚の女性や女友達には手の甲にするんだ。きみはいまやぼくの妻だ、グレンダ。喜びのときも、悲しみのときもぼくときみは一緒だ。ぼくたちは互いに結婚の誓約を交わしたんだから」

祭壇に立っていたときのように、グレンダの体は震えた。しかしいまとなっては彼に背中を向けて教会を飛び出すこともできなかった。

「指輪が気に入らないのかい、愛《いと》しい人？」グレンダの手を握る彼の手にさらに力がこもった。「きみのためにわざわざサイズを直させたんだよ」

「どうしてわたしの指のサイズを知っているの？　あなたはバートン・ル・クロスには一度も来なかったわ。わたしが成長して変わってしまったとは思わなかったの？　女の子は変わるものなのよ」

「髪の色は同じだ」マルは背もたれに頭をあずけた。「祖父が枕もとでぼくたちの手を握らせたとき、きみはその髪を三つ編みにしていた。ステンドグラスの窓から光が差しこんで、白い顔を縁取る髪が炎のようにきらきら輝いていた。それはいまでも変わっていない。けれどもノワール城の女主人になりたいと以前ほど熱烈には思ってないようだね。城を見たら、あのときの気持ちを思い出すんじゃないかな」

「も、もう何年も経ってしまったから、見知らぬ土地に行くような気がするの」グレンダはぎこちなく言った。

「まあ、そうだろう」マルはうなずいた。「もう三つ編みにも編んでいないし、赤い髪もいまの流行にカットされているしね。きみは魅力的な女性になったよ、グレンダ。でもぼくが想像していたのとはどことなく違うけれど」

グレンダの心臓が飛び跳ねた。「あなたは――あなたはわたしにがっかりしたみたいね」

グレンダは彼を怒らせないように言葉を選びながら言った。

マルは彼女のほうに身を乗り出した。顔に影が落ちて傷の上の目が銀色に鈍く光った。

「きみのことをどう思っているのか、実のところ、ぼくにもよくわからないんだ。きみがぼくの足もとに倒れこむなんて思ってもみなかったけれどね。十年前にノワール城に来たきみは堂々としていたから、大学に通っている男と婚約させられても不安がってなかった。祖父にキスするように言われたとき、きみはその長いまつげをぱちぱちさせて、ぼくの頬に情熱的なキスをした。でもあのときのぼくの顔は火傷してなかったから、きみは怖がってなかったんだろうな」

「火傷は関係ないわ」彼女はまつげを伏せ、二十歳のハンサムなマルを見たことのない目を隠した。「アーサー卿が話したとおり、わたしはまだ母の死から立ち直っていないの。心から愛していたから」

「そうだろうとも」マルはそう言うと、彼女の頬に指で触れ、頬骨にそって唇の横まで下ろした。グレンダは身をすくませないようにじっとしていた。「祖父が亡くなったときに、ぼくも同じように思ったよ。祖父はぼくの両親がアルジェリアの農場で殺されたあと、ぼくを育ててくれた。ぼくの両親は政変に巻きこまれて、家に火炎瓶を投げこまれて焼死した。両親に比べれば、ぼくは運がいいと思っていた。工場の火事にあっても命が助かったんだから。けれどもこの火傷の跡はそうとう醜いらしい。ようやくそれに気づいたよ。きみは怖がっていないと否定するけれど」

「火傷は関係ないわ」彼女は繰り返し言った。とはいえ、罪深いほど黒い彼の髪と眉がその傷をいっそう際立たせ、不気味な印象を醸し出しているのはたしかだった。

「まあ、仕方ない」マルは肩をすくめた。「人間には本能的に恐れを抱くものがあるからな。痛みとか死とか……人を愛する代償もそうだ」

「代償？　どういう意味？」

「若いころは身勝手に人を愛し、その代償を払わされただろう。ぼくたちは穏やかな愛をはぐくむために結婚したんだ。だからこの結婚生活がうまくいくように互いに努力しなければならない」

グレンダは押し黙ったまま顔を伏せて目の前のスモークサーモンを見つめた。何も食べる気にはなれなかったが、ワインだけ飲んでいたのでは、すぐに酔ってしまうだろう。とはいえ、罪の意識を麻痺《まひ》させるために、ワインで頭をぼんやりさせるのがいいかもしれない。それにノワール城に女主人として足を踏み入れる勇気をワインが与えてくれるかもしれない。

グレンダは城がそれほど大きくないことを願った。今後は彼女が切り盛りしていかなくてはならないのだ。これまで大きな屋敷を取り仕切ったことも、執事や大勢の使用人を使ったこともなかった。

グレンダは勇気を奮い立たせるためにワインを口に運んだ。そのとき夫に葉巻の煙越しに見られていることに気づき、ふたたび不安に襲われた。いったいどうすれば見ず知らずの人と一緒に暮らしていけるのだろう？　しかもその人はほかの誰よりもわたしのそばにいることを許されているのだ。

エディスの友人たちには、グレンダは献身的で思いやりのある娘だと言われていた。けれどもいくら献身的で思いやりがあっても、すんなりと妻になれるとはかぎらない。結婚した男性が怖くてたまらないのだから。

2

空港でふたりを待っていたのはつややかに光る茶色の車だった。内装もコニャックのような上品な茶色に統一してあって、馬力のあるエンジンが積まれていた。マルはハンドルを握り、ゆるやかな上り坂になっている道路を走っていった。やがて遠くにサテンのリボンのようなロワール川が見えてきた。

グレンダは車に乗れてほっとしていた。マルロー家の人々と会う心の準備ができるからだ。

マルの故郷に着くころには、日はすっかり暮れようとしていた。燃え尽きようとしている太陽に照らされて、ノワール城はそびえ立っていた。城の黒ずんだ銀色の壁が夕焼けの黄金色に染まってきらきらと輝いている。城は美しいロワール渓谷を眼下に望む丘の上に立っていた。屋根や庭を囲う石壁には蔦《つた》がショールのように絡まり、その向こうに魔女の帽子のような先のとがった黒い塔がふたつあった。塔の正面にはそれぞれ楕円形《だえんけい》の窓があり、銃眼つきの障壁も設けられていた。塔と塔のあいだに城の母屋がある。四階建てで、長い歳月のあいだ、風雨にさらされた姿は趣があって実に優美だった。錬鉄製の飾りが施されたバルコニーのあちこちの窓から明かりが洩《も》れていた。おそらく夕食の支度をしているのだろう。

鉄こそがマルロー家に莫大《ばくだい》な財産をもたらしたものだった。マルロー家はフランスでも屈指の製鉄会社を経営している一族で、パリやロンドンなどの大都市を支えている良質な鉄を生み出している。戦時中にロンドンが空襲にあい、マルロー家が手がけた大半の鉄の建造物は破壊されてしまった。しかしマルの祖父がそれをすべて修復したのだ。マルは家族の伝統に従い、いとこのマシューと会社を共同で経営している。マルがフランスの工場を、マシューがイギリスの工場を監督しているのだ。

「気に入ったかい？」マルは車のエンジンを止めると、顔を向けた。

グレンダは城に見とれていた。「美しいお城ね」

「きみが驚いたのがわかったよ。城の姿をすっかり忘れてしまったようだね」

「ええ」彼女は唇をかみしめた。「ここに来るのは十年ぶりですもの」

「だったらきみは初めて訪ねてきたも同然なのに、いまやこの城がきみの家だ」

家……それは心が温かくなる言葉のはずだった。しかしグレンダにとっては心臓を凍らせる恐ろしい言葉でしかなかった。

「安心してくれ。今晩は家族と夕食をともにする試練をきみに与えるつもりはないから。

風呂に入ってから、ふたりだけで夕食をとろう。祖父がぼくのために残してくれたモンラッシュを飲みながらね。祖父は自分が愛したワインの味わい方をぼくにも教えてくれた。きみとこうしていると、祖父はそれだけでなく自分が気に入った少女の鑑賞の仕方も教えたかったんだろうと思えてくるよ」

グレンダは手をぎゅっと握りしめた。ふいに彼女を束縛する金の指輪の重みを感じたのだ。おそるおそる口を開く。「わたしはあなたじゃなくて、あなたのお祖父様《じいさま》に選ばれたのよ。そのことに腹を立ててはいないの？」

「いまさら、互いの心を探り合っても意味がないよ、愛《いと》しい人。粛々と人生を生きていけばいい。さあ、なかに入ろう」

彼は外に出て、助手席のドアを開けた。グレンダは震える足で降り立ち、玄関に通じるステップを歩いていった。

「鳥はひとたび罠《わな》にかかってしまったら、いくら鳴こうが遅すぎる」マルは指輪をはめた彼女の手を取り、火傷《やけど》した頬をゆがめた。「きみはいま、そんなふうに感じているんだろう」

グレンダは黙っていたが、沈黙がそうであることを物語っていた。

「それでも」マルは言った。「ここはみずから飛びこみたくなるような罠じゃないかな。ノワール城は目を奪われるほど美しい城だと言われているからね。黒い城とも呼ばれているんだ。言い伝えによれば、ここには残忍な領主がお気に入りの愛人と住んでいたそうだ。愛人は魔女だと噂《うわさ》されていた。領主はその愛人にあきたときに、噂を利用して、彼女を火あぶりにしてしまったんだ」

「ひどいわ！」グレンダは叫び声をあげた。「それは本当の話なの？」

「この城がマルロー家のものになったときに渡された古い記録にはそう書かれていた。その当時、迷信ははびこっていたからね。その愛人を描いた肖像画もあるんだ。きみはそれも忘れてしまったのかい？」

「忘れた？」グレンダはそう言ってしまってから、あわててマルに目を向けた。すると彼は不思議そうな顔で見返していた。

「きみはここに来たときの記憶をすっかりなくしてしまったようだね。その肖像画は祖父の部屋に飾られていて、祖父がきみに似ていると言っただろう」

「わたしに似ているですって！」

「彼女も炎のような赤い髪で、肌が白く、つり上がった目をしていた」

マルはそう言うと、彼女の顎をつかんで目をのぞきこんだ。グレンダは身を強《こわ》ばらせた。

「きみの言うとおり、十年はたしかに長い。歳月はぼくたちの外見を変えただけでなく、考え方も変えたようだ。十年前のきみは夢見がちな少女だった。でもいまのきみは大人の女性になり、ぼくを怖がっている」

グレンダは否定しなかった。彼女の体はおさえようもなく震え、目の前のマルが気づかないはずがなかったからだ。

「きみは自分の意思に反してぼくと結婚したのかい？　ぼくとの結婚はそんなにつらいのか？」

「あなたにとっても簡単なことじゃないはずよ」グレンダは言い返した。「愛してもいない女性と結婚したんだから」

「愛だって？」彼は小ばかにするように言った。「ぼくにわかっているのは、鉄は熱いうちに打てということだ。きみにもそうするつもりだよ」

「わたしがいやだと言っても？　あなたはそういう人なの？」

「男なんてみんなそんなものだ」

グレンダは彼を見上げた。浅黒い肌と頬の火傷が不気味な雰囲気を放っている。わたしは傲慢《ごうまん》な男性と結婚してしまったんだわ。グレンダはそう思い、怒りがこみ上げてきた。マルは鉄に人生を支配されてきた。だから祖父と交わした約束も鋼鉄の束縛となっていまも彼を締めつけているに違いない。

でもわたしは彼とは違う。血の通った人の心を持っているのだから、約束を破れるはず……。そう思った瞬間、グレンダの口から小さな悲鳴がもれた。マルが彼女を抱き上げて玄関に向かったからだ。すると使用人がドアを開けた。

「ただいま、アンドレ。妻を連れ帰ったぞ」

「おかえりなさいませ、ムッシュー、マダム」

「今晩はぼくの部屋で妻とふたりきりで夕食をとる。エロイーズ叔母さんにそう伝えておいてくれ。叔母さんの具合はどうだ？」

「変わりないです。腰は相変わらず痛むようですが」

「そうか、仕方ないな。ところで今日は特別な夕食が用意されているんだろうな？　そのときにモンラッシュも持ってきてくれ」

「わかりました、ご主人様」

「それとマダムの身支度を手伝うために誰かよこしてくれ」

グレンダは手を握りしめた。身支度などひとりでできると言ってやりたかった。マルは彼女がいらだっていることに気づいていたようだったが、そのまま広い廊下を進んだ。そして階段に通じるアーチ型のドアの前で立ち止まり、そっけなく言った。

「イギリス人のきみは、メイドに世話を焼いてもらうことを贅沢《ぜいたく》だと思っているようだが、ここではそれは当たり前のことなんだ。この城の作法を守らなかったら、叔母が騒ぎ立てるだろう。叔母もぼくたちの結婚式に来たがったんだが、昨年、腰の骨を折ってから、旅行するのがむずかしくなってね。きみは彼女のことは知らないはずだ。祖父が生きていたころ、叔母はここには住んでいなかったからね。あのふたりは折り合いが悪かったんだ。

叔母はぼくの、共同経営者のマシューの母親だ」

マルは彼女を軽々と抱きかかえたまま、螺旋《らせん》階段を上がっていった。「ぼくの部屋はエトワール塔にある。そこはほかの部屋から離れているから、新婚カップルが住むのにはふさわしいだろう」

部屋に入ると、マルは彼女を床に下ろした。だが背中にまわした手を離そうとはしなかった。

「さあ、そろそろキスしてもいいだろう」マルはフランス語のアクセントが混じった低い声で言った。「祭壇でした軽いキスはキスとは呼べないからな」

グレンダは彼と目を合わせ、身を守るためにあえて残酷なことをした。それとわかるように目で彼の頬の火傷の跡をなぞってから、大げさに身を震わせて顔をゆがめたのだ。

背中にまわされた彼の手に力がこもった。まるで手が鉄の塊になってしまったかのようだった。マルは彼女の顔を見つめると、フランス語で悪態をつき、彼女を押しやった。

「ずいぶんと臆病《おくびょう》になったんだな。いいか、明かりの下でぼくを見ることができないなら、電気を消して暗くすればいい」

「マル、お願いよ。あなたという人を知る時間がほしいの」

「きみにそんなことを許すつもりはない」彼はいらだったように黒い髪を手で梳《す》いた。

「わたしが臆病なら」彼女はぴしゃりと言った。「あなたは鉄のように固い心の持ち主だわ」

「そうかもしれない」彼は肩をすくめた。「幼いころから工場に通い、炉で鉄を鍛えていたからな。女性だって鉄と同じように一度溶かしてから、男の好みに合うように形を整えなくてはならない。とりわけきみにはそうする必要がありそうだ。きみはこのぼくと結婚し、忠誠を誓ったんだろう、ええ？」

「あなただってわたしに同じことを誓ったわ」グレンダはどうにか冷静に言おうとした。マルを恐れている自分に腹を立てていた。孤児院にいたときに失ってしまった自信をエディスがふたたび与えてくれた。しかし子供は命令に従うものだという教えはいまでも心に根づいている。マルに反感を抱いているものの、彼には命令できる権利があることはわかっていた。

「だったら、電気がついているときに、ぼくの顔は見なくてもいいぞ」彼の口の動きに合わせて、頬の傷が引きつれた。

「あなたって皮肉屋なのね」グレンダはかっとなって言った。「あなたがこんな人だ——こんな人になったなんて誰も教えてくれなかったわ」

「少なくともぼくはきみに浮ついた嘘《うそ》はついてない。ぼくに従わせるために、きみに恋い焦がれているふりはしていないじゃないか。それともそうしてほしかったのか？」

「どうしてわたしと結婚したの？」グレンダはマルの目を見つめた。彼の目には怒りがくすぶっている。「本当のことを教えてよ。何か理由があるはずだわ」

「なぜそんなふうに思うんだ？」

「あなたはお祖父様との約束に義理立てするような、感傷的な人間ではないからよ」

「真実を知る勇気があるのかい？」マルはあざけるように言う。

「わたしの立場をきちんと理解しておきたいの」

「祖父との約束を守れば、このノワール城がぼくのものになるからだ。だが約束を破れば、いとこのマシューのものになる。彼はエロイーズ叔母の息子だから、祖父にとってもうひとりの孫にあたるからね。けれども叔母は祖父の反対を押しきって、売れない画家と結婚した。祖父はそのことを決して許そうとはしなかった。祖父は恋愛結婚よりも見合い結婚のほうがうまくいくと固く信じていたんだ。たしかにそうなのかもしれない。叔母の結婚は三年でうまくいかなくなったが、祖父が見合い結婚させたぼくの両親は、テロリストに殺されるまでずっと仲むつまじかった」

マルは目を細めた。「きみの言うとおり、ぼくは感傷的な人間ではない。それでも祖父は祖父なりに愛情を持ってぼくを育ててくれたし、あとを継いで製鉄所を切り盛りできるように教育もしてくれた。六十七年間で学んだことを全部ぼくに教えてくれたんだ。だからこの城はぼくに譲られるべきだ。城を手に入れるためだったら、祖父が〝白い魔女〟と呼んでいたきみと結婚することなんかたいしたことではない」

「わかったわ」グレンダは小さな声で言ったが、叫び声をあげたかった。わたしは目の前にいる男の罠にかかってしまった。この男は、城を、それも愛人だった女性を魔女だと言い立てて火あぶりにした領主が住んでいた城を、手に入れるためにわたしと結婚したことをあからさまに認めたのだ。

「真実を知りたがったのはきみだ」マルは話を続けた。「きみだって、ぼくがこの結婚で妻以外にも何かを得ることくらい気づいていただろう。ぼくがこの十年間きみに恋い焦がれていたなんて思っていなかったはずだ。まあ、あのときはきみをかわいいと思ったよ。きみは自分の欲望に忠実で、見ていて楽しかった。いまでもチョコレートには目がないのかい？　祖父に言われただろう。そんなに食べると吹き出ものができて、ぼくと結婚するときにベールをかぶらなきゃならなくなる、と」彼の目が染みひとつない彼女の白い肌に向けられた。「吹き出ものはひとつも見当たらないね。それならなぜベールで顔を隠していたんだい？」

「顔を見られないようにするためよ！　花嫁は喜びで顔を輝かせているものでしょう、マル？　わたしは――悲しくて仕方がなかったんだから！」

「悲しいとはずいぶん辛辣《しんらつ》なことを言うんだな。祖父が枕《まくら》もとでぼくたちの手を握らせたときに、きみは早くこの城の女主人になって住みたいって言ってたのに。丘の上に立つ城に住んで、お姫様のように塔で暮らすのが夢だって話していたじゃないか」

「女の子はそういうくだらないことを言うものよ」グレンダの体からふいに力が抜け、その場にうずくまりそうになった。彼女はエディスの本当の娘とはだいぶ性格が違うらしい。エディスの娘はませていて、積極的な性格のようだが、グレンダははにかみ屋で内気だった。だから結婚式は苦痛以外の何ものでもなかった。苦痛にとどめを刺したのは、マルがノワール城を手に入れるために彼女と結婚したとぬけぬけと告白したことだった。

祖父を愛し、尊敬していたから結婚したのだと思えたら、まだ耐えられる。しかし報酬目当てだとわかってしまったいま、彼を見るたびに反感を覚えずにはいられない。

マルは彼女が抱く反感を誤解しているようだ。頬の火傷に彼女がおびえていると思っているのだろう。彼が工場で爆発事故に巻きこまれて傷を負い、苦しんだことは心から気の毒だと思う。しかし男性としてはとうてい尊敬できない。マルは自分の欲望をかなえるためだったら、このノワール城の最初の主人のようにどこまでも無慈悲になれるのではないだろうか……。

「きみがすぐにふさぎこんでしまうような性格に育たなかったことを祈るよ。少女のころのきみは活発ではつらつとしていた。それなのにいまのきみは青白くやつれた顔をしている」

グレンダは黙って椅子に腰を下ろしながら、エディスが自分の娘について言っていたことを思い返した。その子は心臓が悪いようには見えなかったと話していた。しかし地中海にクルーズに出かけたときに、甲板で輪投げ遊びをしているときに突然倒れてしまったのだ。マルはその子は欲望に忠実だったと言っていた。貪欲《どんよく》で何に対しても行動的な性格は、心臓に病を抱えている子には災いとなったのだろう。

グレンダはどうせ嘘をつくなら、その子になりきったほうがいいととっさに思った。

「ねえ？」彼女はつぶやいた。「母はあなたのお祖父様にわたしは心臓が弱いってことを伝えていなかったの？」

マルが息をのむのがわかった。いまの言葉を反芻《はんすう》するように今度は彼が押し黙る。グレンダは彼の頭をよぎっていることがわかるような気がした。彼女は抜けるように肌が白いし、結婚式で祭壇に立ったときはがたがた震えていた。さらに結婚証書にサインしたあと気を失って倒れてしまったのだ。そのとき抱き上げてくれたのはマルだった。マルはおそらく幽霊のように生気のないグレンダの顔を見ただろう。

マルは黒い眉を寄せ、彼女を見下ろした。「きみのお母さんはそんなことはひと言も言ってなかった。それに心臓に持病があるようにはきみは見えないじゃないか！」

「でもそれがあなたに何の関係があるの？」グレンダは勇気を振り絞って、彼の冷ややかな顔を見返した。「あなたはすでに自分がいちばんほしいものを手に入れたんでしょう。この城を」

「マダム」彼は手を振り上げた。「何も知らない小娘のふりをするのはもうやめるんだ！

ぼくはいずれ、会社とこの城を息子に譲りたいと思っている。きみにもそのくらいわかるだろう。それともそれがわからないほど、きみはばかなのか？」

グレンダはぞっとして、彼を見つめた。目に怒りがくすぶっている――鉄が炉のなかで赤く焼けるように。

「わたしたちは互いをだまし合っていたのね」彼女は声を震わせてそう言った。

「違うな。息子を持つことはぼくにとって大切なことだ……きみはそうは思ってないようだが」

その言葉は鉄の破片のように胸に突き刺さったが、グレンダはそれでも言い返した。

「わたしがあなたにとっていくらかでも価値があるなんて思ってもいなかったわ。けれども、こうやって目の前に立っていると、あなたの本性が透けて見えるようね」

「ぼくの本性とは？」

「鉄のような人。デュバル・マルローと同じ鋳型で成型された人。そもそも彼があなたをそうなるように育てたのかもしれないわね……あなたは何があってもその形を変えることはない」

「そうだな」彼は頬の傷に手で触れた。マルは肩にもひどい火傷を負ったとアーサーが話していたことを彼女は思い出した。

そう思ったとたん、グレンダの体は震えた。褐色の肌を引き立てる白いスーツとシャツに包まれた体を想像したからだ。マルは冷徹だが、その一方でラテンの血を引いているだけあって、なまめかしくて官能的だ。彼のたくましい体のなかには情熱が駆けめぐっているのだろう。

彼がバートン・ル・クロスに来なかったのは、おそらく仕事が忙しかったせいだけではない。ほかに女性がいて、その人と記憶のなかの少女は、芳醇《ほうじゅん》な赤ワインとミルクほども違うのだろう。

「ぼくはきみの言いなりになる気はない」彼はグレンダの蒼白《そうはく》な顔を見つめた。「ぼくのものになったからには、会社にもこの城にもデアスの名前が受け継がれるようにするつもりだ。さあ、身支度を調えてくるんだ。それからぼくたちの未来に乾杯して、夕食をとろう」

マルは彼女の手を引き、椅子から立ち上がらせた。グレンダは背が低いわけではなかったが、頭の先が彼の顎にしか届かなかった。それからマルは強引に彼女を胸に引き寄せた。グレンダは、彼が心臓が悪いという嘘を信じたとしても、自分の計画を変えるつもりはないのだと悟った。そう思うと、体が震えたが、それをおさえようとはしなかった。彼に触れてほしくないことをはっきりと伝えたかったからだ。

マルは彼女の顎に手をかけて顔を持ち上げ、まつげが影を落とす琥珀色《こはくいろ》の目をのぞきこんだ。グレンダは典型的な美人ではないが、荒々しい自然の残る神秘的なウェールズ地方の少女の特徴を受け継ぐ、不思議な魅力の持ち主だった。

「きみがぼくを怖がっているんだったら、がっかりだな。臆病な息子はほしくないんだ」

「怖がってなんかいないわ」グレンダは彼の言葉にひるまないように胸を張った。「怖がって、あなたを喜ばせたくないから」

「きみにはべつの喜びをぼくに与えてほしいね」

マルは唐突に頭をさげ、すばやく唇を重ねた。彼女の口からもれた悲鳴は、彼の荒々しいキスに封じこめられた。その激しさに圧倒されてグレンダは抗《あらが》うことができなかった。頭がくらくらし、力なく彼の腕にもたれかかる。彼女が荒く息をつくと、マルはようやく唇を離して頭を上げ、黒いまつげの下から彼女の顔をのぞきこんだ。それから螺旋階段を指さした。ふたりは広々とした居間にいたが、階段の上に寝室があるらしい。

「さあ、支度するんだ。頬紅をさすのを忘れるなよ。幽霊と食事しているような気持ちにはなりたくないからな！」

「わたしひとりで支度するわ」グレンダは階段を上がりかけたが、くるりと振り返って言った。「わたしはこういう性格なんだから、慣れることね」

寝室に足を踏み入れたグレンダが最初に気づいたのは、ベッドの上の彼女のアプリコット色の薄地のネグリジェの横に黒いシルクのパジャマが置かれていることだった。

彼女はチンツの絨毯《じゅうたん》の上に立ちつくし、パジャマが仲むつまじく並んでいるのを呆然《ぼうぜん》と見つめた。さっきマルに強引にキスされたように、彼が今晩ベッドをともにしようと決めたら、わたしにはどうすることもできない。男性は愛がなくても女性にキスをし、ベッドに連れていくことができるのだから。

「息子を持つことはぼくにとって大切なことだ」彼はそう言っていた。もっと前に気づくべきだった。婚約相手を一度も訪ねてこないような男性は、ある品物を注文したら、それが予定どおりに届けられないと決して満足しないのだ。マルロー・デアスにとってわたしは品物にすぎない。それだけの存在でしかない。わたしの気持ちなんて彼にはどうでもいいのだ。わたしがほかの人を愛しているかもしれないなんて、思ったこともないに違いない。

3

グレンダが寝室に突っ立っていると、制服を着た若いメイドがバスルームから出てきた。

「荷ほどきをしておきました、マダム」メイドははにかむように言ったが、黒い目に映る好奇心は隠しようがなかった。「どの下着とイブニングドレスをお召しになられますか？」

グレンダはメイドがランプの妖精《ようせい》のようにどこからともなく現れたことを不思議に思って尋ねた。「塔にはべつの出入り口があるの？」

「わたしは裏口から入ってきました」

「そう」

グレンダは逃げ出せるかもしれないと思い、胸がどきどきした。信頼もなく、愛してもいない男性と過ごす必要はなくなるかもしれない。そもそも牢獄《ろうごく》に入るような覚悟で結婚したことが愚かな行為だったのだ！

「あなたの名前は？」グレンダはメイドにきいた。

「フレアです、マダム」フレアは戸惑ったような顔でグレンダを見ている。花嫁は顔を輝かせて、花婿を夢中にさせるドレスを選ぶものだと思っているのだろう。

「美しい名前だわ、フレア」グレンダは寝室を見まわし、ほかの部屋に通じるドアがあるのに気づいた。「あのドアの向こうに部屋はあるの？」

「ムッシューの部屋です」フレアはそう言うと、顔を赤らめながら四隅に柱のあるベッドに目を向けた。そこには彼女が用意したグレンダのネグリジェとマルのパジャマが置かれている。「寝間着をご用意したのは、出すぎた真似《まね》でしたでしょうか？」

「そんなことないわ」グレンダはやさしく言った。「フレア、わたしは頭が痛いの。だからしばらくひとりで休みたいのよ。わたしひとりでお風呂に入って着替えるから、あなたはさがっていいわ」

フレアはためらうように言った。「頭痛薬はお持ちですか？」

「ええ、持っているから大丈夫よ」

フレアが困惑しているのは明らかだった。若い娘はロマンティックな新婚初夜を想像しているのに、花嫁が浮かない顔をしているのが不思議なのだろう。彼女がバスルームの隣の裏口のドアから出ていくと、グレンダは腰掛けに座り、これからどうするか考えた。選択肢はふたつだけ。ここにとどまるか。あるいは塔の裏口を使って城から逃げ出すか。夜道を歩くのは怖くない。罠《わな》に捕まったうさぎみたいにここでびくびくしているよりもそのほうがよほどましだ。

彼女は立ち上がって呼吸を整えてから、フレアが出ていった裏口のドアを開けた。するとほの暗い明かりのなかに狭い螺旋《らせん》階段があるのが見えた。グレンダは早足で階段を下りていった。すると鉄のかんぬきがさしてある木の扉に行き当たった。

グレンダはかんぬきをはずし、ひんやりとした暗闇《くらやみ》に足を踏み出した。そのとたん、力強い二本の腕が伸びてきて、彼女を後ろからつかんだ。

「やると思ったよ！」

マルは彼女の体をまわし、顔を向けさせた。グレンダの心臓は激しく打ちつけ、悲鳴が喉もとまでこみ上げる。マルに気づかれるとは思ってもみなかった。「あなたなんか大きらい！」彼女は肩で息をしながらそう叫んだ。

「そうだろうな」マルは彼女の腰をつかむ手に力をこめた。

グレンダは身をよじらせた。「手を離してよ。あなたってほんとにいやな人ね！」

「だったらきみは大ばか者だ」マルは腰骨が折れそうなほど彼女を後ろにそり返らせ、強引に唇を重ねた。彼の熱を帯びたキスは荒々しい怒りに満ちている。グレンダが空気を求めて息をあえがせると、ようやく唇を離して頭を上げた。だが彼女を抱きすくめたまま離そうとはしなかった。「心臓発作は起こさないのかい？」

「もしあらかじめわかっていたら――」

「何をだ？」

「あなたが人でなしだってことをよ！」

「きみのことを逃がさなかったから、人でなしなのか？　逃げ出すんだったら、きみは今朝の教会でそうするべきだった。それだったらぼくも納得しただろう。でもきみはしおらしく祭壇に立ち、ぼくの妻になると誓った。たしかにベール越しに見たきみは追いつめられたきつねみたいに悲壮な顔をしていた。それに指輪をはめたとき、きみの手は氷のように冷たかった。そのとき、きみがベールをはずそうとしなかったわけがわかったんだ。ぼくの顔を見たくなかったからなんだってね。ぼくたちが婚約したとき、きみは夢見がちな少女だった。ぼくのことが好きかと祖父にきかれたとき、きみはぼくが光り輝く騎士に見えるって言ったぐらいなんだから」マルの爪がグレンダの肌に食いこむ。「きみをがっかりさせて悪かったな。でもそれはこっちも同じだ。きみはぼくの覚えている情熱的な女の子じゃなくなってしまったんだから」

グレンダは彼の腕のなかで逡巡《しゅんじゅん》した。真実を告げるならいましかない。しかしそうしたら、エディス・ハートウェルがマルロー家に嘘《うそ》をつき、金をだまし取っていた女性だということが知られてしまう。わたしにはそんなことはできない。

親に捨てられたグレンダは、エディスに大切に育てられ、ふたりのあいだにはいつしか本物の愛情が芽生えるようになった。エディスに最初に会ったときのことは一生忘れないだろう。

「なんて細い脚なの！」エディスは会ったとたん、そう叫んだ。「もっと栄養をつけなきゃだめよ」それからグレンダを町でいちばん高級なレストランに連れていって、ローストチキンとチョコレートアイスクリームをおなかいっぱい食べさせた。エディスは大好きなシャンパンを飲みながら、グレンダが食べるのをうれしそうに眺めていた。幼い孤児の目にはそんなエディスはシンデレラを助けに来たやさしい魔法使いのおばさんのように見えたものだ。

エディスを裏切ることはできない。だったらマルの顔におびえているふりをして、彼の激しい怒りを受け止めるしかないのだ。

「ぼくの醜い顔をきみがどう思おうが知ったことではない！」

グレンダは彼から顔をそむけて庭の向こうを見やった。そこには朝にならないと開かない巨大な鉄の扉がそびえ立っていた。

「そんな顔をしても無駄だ」マルは彼女の肩を揺さぶった。「きみはぼくから逃げられない。なんせ、この土地で起こることは、全部ぼくの耳に入ってくるんだからな」

この土地は彼のものも同然なんだわ。グレンダは思った。わたしがすでに彼のものであるのと同じように。

「さあ、部屋に戻るんだ。今度は言われたとおりのことをちゃんとするんだぞ」マルは彼女の背中を押して階段を上らせ、寝室のなかに押しやった。「今晩はこれ以上、ぼくを怒らせるな。風呂に入ってから結婚を祝うための食事にふさわしいドレスに着替えるんだ。わかったな？」

「そうしないと、耳が聞こえないと思われそうね」グレンダはいやみっぽく言った。

「メイドはきみの荷物を整理したのか？」マルはしゃれた家具の置かれた部屋を見まわした。そこには牡蠣《かき》の殻の埋めこまれたたんすがあり、それと揃《そろ》いの鏡台がある。肘掛け椅子には窓のカーテンと同じ厚いシルクのカバーがかけられている。部屋の真ん中は巨大なベッドが占めており、隅には作りつけの衣装戸棚がふたつあった。

マルは部屋を横切り、グレンダの服の入った衣装戸棚を開けた。そして手を伸ばし、サテンのドレスを選び出した。スカートが流れるような優美なラインを描く蜂蜜《はちみつ》色のロングドレスだ。

「これを着るんだ」マルは命令した。「できるだけ急いでくれ。さもなければ結婚祝いの夕食を明日の朝に食べるはめになるからな」

それからマルは自分の部屋に向かいかけたが、途中で足を止めた。「ぼくは自分の部屋にシャワーがあるから、ここのバスルームはきみの専用にしていい。バスルームを一緒に使おうなんてぼくが言い出したら、きみは卒倒しかねないからな。いったいいつからそんなに意気地なしになったんだ？　少女のころはあんなに生意気だったのに！」

マルがドアを閉めると、グレンダは背の高い彼の影が焼きついているかのように木の壁をぼんやりと見つめた。彼女がとらえられてしまった罠から逃れるすべはないように思えた。ふたたび逃げたとしても巨大な鉄の扉を女性がひとりで開けるのは無理そうだった。開けられたとしても、きっと警報装置が取りつけられているだろう。この部屋だけを見ても、城のなかには危険を冒しても盗み出す価値のあるものがいくらでもありそうだった。

グレンダは靴を脱ぎ、ふかふかのチンツの絨毯《じゅうたん》の上を歩いて、化粧台に向かった。そこには磁器の小像が置かれていた。細部までの見事な作りといい、美しい色づかいといい、それはドレスデン磁器に間違いなかった。芸術品の鑑賞の仕方を教えてくれたのはエディスだった。音楽や演劇の楽しみ方も、ヘンリー・ジェイムズの作品の解釈の仕方も、エディスが教えてくれた。グレンダがジェイムズの作品はむずかしいと文句を言うと、エディスはこう言ったものだ。「簡単に楽しめて、役に立つものなんてひとつもないわ。それにジェイムズの作品を読んだら、むずかしい言葉もたくさん覚えられるじゃない」

グレンダはそう言われたので、仕方なく読み返し、ようやくその作品の味わいを理解したのだった。エディスと暮らしているあいだは、言われたことにはおとなしく従ってきた。もしいまでもエディスが生きていたら、マルと結婚することをきっぱりと断れただろうか？

ふいにたんすの上に置かれた時計が鳴り響き、グレンダは目を向けて驚いた。もう八時になっていた。それなのに支度は何ひとつできていない。あわててバスルームに駆けこみ、すっかりぬるくなった湯に入った。それから体を拭《ふ》き、タルカムパウダーをはたいた。マルが怖いから急いでいるんじゃないわ、と彼女は自分に言い聞かせた。下着も着けていないうちに、マルに寝室に入ってきてほしくないだけよ！

しかし彼女の願いは聞き入れられなかった。グレンダがたんすのなかをまさぐり、蜂蜜色のドレスに合う下着を探していると、マルが部屋に入ってきた。彼は黒いディナースーツに着替えていた。

「いい眺めだ」マルがそう言うと、グレンダはあわててシルクのスリップを体に巻きつけ、振り返った。

「わたしはまだ着替えてないのよ！」

「そうらしいね」彼はグレンダの頭の先から爪先まで見下ろした。「タイミングがよかったよ」

「支度するから出ていって」マルの熱のこもったまなざしを見て、グレンダは薄いスリップをぎゅっと体に押しつけた。「そんなに長くかからないから」

「かわいい人、きみに服を着てほしいとは思わない」彼は大股で歩き、あっという間に彼女の前に来て、手を伸ばした。

「やめて、マル！」マルの手が素肌に触れると、グレンダはびくりとして、叫び声をあげた。

マルは彼女の脇腹《わきばら》を手で撫《な》で上げ、それからスリップをはぎ取って床の上に放《ほう》り投げた。そして彼女の均整の取れた白くやわらかな体を抱き寄せ、片手をほっそりした腰にまわした。

「なんてすべすべした肌なんだ！　まるで赤ん坊に触れているみたいだ。まあ、ある意味、きみは赤ん坊みたいに無邪気だからな。さあ、するべきことをしようじゃないか――」

「いやよ！」グレンダは彼の腕から逃れようとして激しくもがいた。しかしマルはそんな彼女のむなしい努力をせせら笑った。

「これほど絶好のタイミングはないだろう？」グレンダがいまにも泣き出しそうな顔を向けると、マルの目には面白がるような表情が浮かんでいた。わたしはからかわれているの？

「きみは子供だな、グレンダ！」

「わたしが？」

「ある意味ではそうだ。男にはさまざまな欲望がある。でもいまのぼくに必要なのは、美《お》味《い》しい食事とワインだけだ。とはいえ、きみの肌は驚くほど白いな」

「食事をするんだったら、わたしは服を着なくてはならないわ」グレンダは彼の腕から逃れようとした。「ああ、もうこんな時間だわ！」

「本当に服を着るのかい？」

「当たり前でしょう」

彼は笑い声をあげた。「許してくれ、内気な処女に失礼なことを言ってしまった。まあ、もしきみがそうじゃなかったら、その理由をぜひとも聞かせてもらいたいところだが」

「まったく、男っていうのは――」グレンダの心臓は激しく鳴っていた。「男性優越主義なんだから。男なんてひとりも聖人じゃないのに！　あなただってチャンスさえあれば、目の前に現れた女性を片っ端から口説くんでしょう。それなのに結婚相手は処女がいいなんてよくも言えるわね」

「どんな男だって、婚約相手の女性は貞節を守るのが当たり前だと思っているさ。さあ、ドレスを着るのを手伝おうか？」

「お断りよ！」

「だったらこのままの姿でいるかい？」

「からかわないで。着替えるからあっちへ行って」

「きみが着替えるところを見たい」

「だめよ――」

「ぼくはきみの夫なんだからその権利はある」

「あなたは精一杯わたしに気恥ずかしい思いをさせようとしているのね」

「ぼくに対して恥ずかしがるのはやめることだ」マルは彼女の肩にキスすると、体から手を離して椅子に座り、長い脚を投げ出した。「妻を持つのは初めてだから、きみが着替えるところを見たい。さっさとはじめないと、ひと晩じゅうここにいることになるぞ」

「なんて頑固な人なのかしら！」彼女はスリップを拾って身に着けた。彼の視線を感じ、肌がばら色に染まる。「あなたのせいで、売春婦になったような気がしてきたわ。あなたってサディストなのね！」

「そういうつもりはないさ。ただ女性が下着を身に着ける姿はなんともチャーミングだからね」

「そういうパフォーマンスを期待するのはこれきりにしてもらいたいわ！」彼女はサテンのドレスをハンガーから取り、頭からかぶった。マルは小さな笑い声をたてながら彼女の後ろにやってきて、ドレスのジッパーを上げた。それから彼女の体をくるりとまわして正面を向かせ、全身をほれぼれと眺める。

「お母さんはきみを趣味のいい娘に育てたんだな」

「できるかぎりのことはしてくれたわ」グレンダは彼の黒いまつげの下の目が光っているのに気づき、あわてて言った。「靴をはかなきゃ」それから衣装戸棚のなかからサテンの靴を取り出したが、片方の靴を落としてしまった。するとマルがそれを拾い上げた。

「さあ、シンデレラ、ここにお座り。醜い王子が靴をはかせてあげるから」

グレンダは彼とは言い争わないほうがいいことを学んでいた。鏡台の椅子におとなしく座り、マルがひざまずいて靴をはかせるのを黙って見ていた。すると彼がふいに顔を上げ、頬の火傷《やけど》の跡が鏡台の上のランプの明かりにくっきりと映し出された。グレンダははっとして、思わず身をすくませた。マルはそれを見逃さなかった。

「ぼくは黒いサテンのマスクでもしていたほうがよかったらしいな?」

その皮肉な言葉にグレンダの胸は締めつけられた。彼の傷に触れ、心を癒《いや》してあげたかった。おそらく道端やレストランででくわした心ない人々は彼の傷を見ると、嫌悪の表情を浮かべるのだろう。わたしがそうしてしまったように……。

「火事にあうなんて悪夢としか言いようがないわ。いまでも夢に見てうなされることがあるの?」

「ああ」彼はそっけなく言い、立ち上がった。そして鏡に映る自分の顔をまじまじと見てから、グレンダに目を向けた。「あいにくだが、きみはたくましい騎士ではなくて、醜い怪物を夫にしてしまったな」

「マル――」

しかし彼女が話し終わらないうちに、マルは部屋から出ていってしまった。グレンダは鏡に映る自分の顔を見た。彼女は昔から人の心の痛みを敏感に感じ取ることができた。もしマルが後ろ暗い理由で結婚した相手ではなくて、ただの友人だったら、心から同情し、なぐさめることができただろう。

彼女は頬に手を当て、そこに火傷の跡があったら、どんな気持ちになるだろうと想像してみた。マルは第三度熱傷と呼ばれるひどい火傷を負ったので、命を救うことが何よりも優先され、顔の傷は放っておかれたのだろう。整形手術を何度も受ければ、傷はそれほど目立たなくなるかもしれない。けれどもマルは辛抱強く手術を受けるだけの価値はないと思っているに違いない。実際、マルは彼の顔に慣れろと言い渡した。それはつまり、愛してもいない妻に好かれることよりもっと大切なことがあるということなのだろう。

グレンダはため息をつき、くしを手に取って、ハート形の顔を縁取る髪を整えた。彼女は入念に化粧をしたことがなかった。だからいまも頬紅をさっとさしてから、コーラル・ローズ色のリップクリームを塗った。彼女の唇は下唇がふっくらとしていて、真ん中が少しくぼんでいる。

ふとある言葉が頭に浮かんだ。「そういうのを蜂に刺されたような唇って言うんだよ」サイモン・ブレイクの口から出た言葉だった。彼がそう言ったのは、エディスとグレンダをミュージカルに連れていってくれたときのことだ。その週末、彼は所属していた近衛《このえ》隊から休暇を取り、家に戻ってきていたのだ。その当時、十七歳だったグレンダはたちまちアーサー卿《きょう》のハンサムな息子に夢中になった。劇場で女性たちがサイモンに熱いまなざしを向けていたが、彼のまなざしはエディスとグレンダにしか注がれていなかった。芝居のあとグレンダは、ミュージカルの主役の俳優もすばらしかったが、サイモン・ブレイクは彼に負けないくらい魅力的だと思った。サイモンもまたグレンダは美しいと褒めてくれた。

時計がふたたび鳴り響き、グレンダは現実に引き戻された。椅子から立ち上がると、スカートの裾《すそ》を伸ばす。胸もとが大きく開いたデザインのドレスなので、首がすっかりあらわになっている。彼女はためらってから、結婚式のときにもしていた金の十字架のネックレスをつけた。ある言い伝えを思い出したからだ。十字架はその持ち主を夜になると訪れる悪魔から守る……。

開いた窓から吹きこんできた風が彼女の肌を撫でた。グレンダははっとして急いで部屋から出て、長いスカートの裾につまずかないよう気をつけながら、螺旋の階段を下り、居間に入っていった。

そこにはテーブルにふたり分の食器が並べられ、キャンドルが灯《とも》っていた。暖炉では火が赤々と燃えている。サイドテーブルに並べられた料理には、さめないように銀の蓋《ふた》がされていた。グレンダはサテンの衣擦《きぬず》れの音を響かせながら暖炉のほうに歩いていった。マルはちょうどワインの栓を抜くところだった。揺らめくキャンドルの炎が彼の影を白い壁にひときわ大きく映し出している。

「口紅はつけなかったんだな」マルは栓を抜くと、フルート型のふたつのグラスにワインをついだ。

「がっかりしたのなら、ごめんなさい。でも口紅をつけたことがないから、つけ方がわからないのよ」

「がっかりなんかしてないさ。きみは言葉では言い表せないほど美しいからね」マルはそう言うと、グラスを取るように促してから、十字架のネックレスに目を止めた。「きれいなネックレスだ。結婚式のときもそれをしていたね」

「結婚のお祝いにもらったの」彼女は震える両手でグラスを包みこんだ。マルといると神経がぴりぴりし、目線や造作のひとつひとつに大きな意味があるように思えてしまう。

「誰からもらったんだい？」

「ゆ、友人よ」

「ぼくの知っている人？」

「知らない人よ。あなたはバートン・ル・クロスに一度も来なかったんだから」

「ぼくがきみの機嫌を取りに一度も訪ねなかったことを根に持っているようだね」

「そうしてくれていれば、お互いのことをもっとよく知れたのにとは思っているわ」

「そうかもしれない。でもぼくには仕事があった。そのあと火事にあって、顔の傷が治るまで時間がかかったんだ。それに」マルは肩をすくめた。「ぼくたちの結婚はすでに決定ずみの事項だったから」

「本当にそうなの、マル？」

彼は目を細めた。「だからぼくたちはいま、こうして城にいるんじゃないか。ところで、その十字架のネックレスはきみによく似合っているけれど、結婚の祝いには普通、ポットとかフライパンを贈るものだ。誰がネックレスなんて贈ったんだ？」

「アーサー卿の息子よ」心臓がどきどき鳴っていたが、彼女は平静を装って答えた。「アーサーはエディスの昔からの友人だわ。だからわたしは彼の息子ともごく自然に会うようになったの」

「ごく自然にね」マルはグラスを掲げ、クリスタルガラス越しに輝くワインを見つめた。「彼からの愛の証《あかし》をなぜ今日の結婚式でつけたんだ？」

「愛の証なんかじゃないわ！」

「だったら、きみにとってそれはほかに意味があるのかな？　まあ、いい、さあ乾杯しよう」マルは彼女の傍らに来て、グラスの縁を合わせた。「ボヌール！」

〝幸せ《ボヌール》〟ですって？　グレンダは思った。幸せになれる日なんて来るのだろうか？　わたしの心はべつの男性のもとに残してきているというのに。マルとサイモンを比べずにはいられない。サイモンといると幸せな気持ちになれる。でもマルといると……。ふと気づくと、マルが十字架を指に挟んで、彼女の顔をのぞきこんでいた。「これをつけると、きみはぼくではなくて、彼と結婚したような気になれるんだろうな。もしシェイクスピアがぼくたちの話を書いていたら、不埒《ふらち》な気持ちで結婚したきみを、ぼくは絞め殺していたかもしれないな」

恐怖が喉もとまでこみ上げ、グレンダは思わずワインをごくりと飲んだ。

「だめだよ」マルは言った。「モンラッシュをコーラのように飲んだら」

「でも喉が渇いたから――」

「目が涙で光っているね。きみのお母さんが結婚式に立ち合えなかったのは残念だ。でもきみにはアーサー卿と彼の息子がいたじゃないか」

グレンダはマルに顔を向けた。彼はすました顔をしていたが、唇の端にあざけりが浮かんでいる。

「さあ、食べよう。ぼくはすっかり腹がすいたよ」

グレンダがクリームをまぶしたトリュフに口をつけるのを見て、マルは言った。「トリュフは料理の王様だと言われている。官能的な料理は女性をやさしくし、男性を情熱的にするとされているからね」

「だからわたしたちはトリュフを食べているの？」グレンダはそうは言ったものの、マルが彼女に情熱を向けるとは思えなかった。マルは愛されていないことを知っているから、市場で買ってきた品物のように彼女を扱っているのだ。でもある意味ではそういうことなのかもしれない。エディスがマルロー家からもらったお金でグレンダは育ったのだから。すべていい学校に通えたのも、しゃれた服を買えたのも、社交界にデビューできたのも、すべてマルロー家のお金のおかげなのだ。

そしてその代償を払う方法をエディスから聞かされたとき、グレンダは逃げ出してしまいたかった。というのも、そのころには休暇で戻ってきたサイモンに芝居やドライブに誘われるのを心待ちにするようになっていたからだ。エディスはグレンダのそんな気持ちに気づくと、こう言った。「あなたはほかの人と婚約していることを忘れてはだめよ。サイモンはたしかに魅力的だわ。でもブレイク家は裕福じゃないの。サイモンは自分の給料だけで生活しなきゃならないんだから」

グレンダはアーティチョークを添えた肉料理を機械的に口に運びながらぼんやりと考えた。あの日エディスが孤児院に訪ねてこなかったら、わたしはいまどこにいただろう？おそらく、どこかの事務所で文字を入力していたか、あるいは工場で働いていただろう。そうしたら高級ホテルで目の覚めるほどハンサムな将校とダンスを踊ることもなければ、クリームがたっぷり入ったお茶を一緒に飲むこともなかった。

尊敬してもいなければ、愛してもいない男性と結婚することもなかったけれど……。

そう、わたしは愛する人が教会で見守るなか、半分フランス人で顔に傷のあるマルロー・デアスと結婚してしまった。司祭がこの結婚に異議があるかと問いかけたとき、わたしはサイモンが祭壇の前に進み出て、その花嫁はぼくのものだと言ってくれると心のどこかで信じていた。ヒースの丘で過ごしたあの嵐《あらし》の晩以来、わたしはいずれサイモンのものになると思っていたのに……。

　恋しさと後悔の涙が目にこみ上げ、グレンダはあわててワインに手を伸ばした。マルがちょうど背を向けていたので、彼女はほっとした。マルはサイドテーブルに向かい、フライパンを手に握っている。

「事故のすぐあとに」マルは振り返って言った。「レストランを経営している友人が、ぼくが火に立ち向かわなければ、一生火を恐れることになると言って、クレープ・シュゼットの作り方を教えてくれたんだ」

　マルがフライパンをくるりとまわすと、しゅっと炎が上がり、なかのクレープが青白い炎に包まれた。火傷した顔が暗がりに浮かび上がる。マルはグレンダの皿にフライパンを置いた。オレンジとコニャックのいい香りが漂ってくる。

「会社が倒産したら、ぼくはウエイターになるよ」

「あなたがウエイターをしている姿なんて想像もできないわ」

「きみにはぼくはどう見えているんだい？」

　太陽から光を奪う日食のように、サイモン・ブレイクと過ごす時間を奪った不吉な黒い影だとグレンダは言ってやりたかった。

　ふいにサイモンから引き離された悲しみがグレンダに押し寄せた。どうしてサイモンはわたしとマルが結婚するのを黙って見ていたのだろう。わたしを愛していると言ったのに、どうしてそんなことができたの？

「さあ、さめないうちにクレープを食べなさい」

彼女はフォークを持ち、クレープを口に運んだ。

「味はどう？」マルは尋ねた。

「美味しいわ」彼女はつぶやいた。

「砂をかんでいるみたいな言い方をするんだね」

「だったら、どうすればいいの」まつげの下で彼女の目が怒りに燃えた。「うれしさのあまり、飛び上がればいいとでも？」

「子供じみた真似は――」

「たかがクレープに喜ばないだけで、わたしは子供じみているわけね」

「きみが喜んでくれてうれしいよ」マルは皮肉を言うと、ふたたびグレンダの首もとの十字架を指で挟んだ。「もう二度とこのネックレスをつけないでほしい」

「わたしはつけたいときにこれをつけるわ！」

「だめだ、グレンダ。これはぼくの命令だ」

「あなたがいくらわたしを脅しても――」

「脅しているわけじゃない。けれどもぼくはぼくだけの妻がほしいんだ。十字架のネックレスをつけて、ほかの男を思い出す妻ではなくてね」

彼女は乾いた唇を舌先でなめた。「これはたまたまわたしが気に入ったプレゼントなの。いまどきの妻は夫の命令ならなんでも従うとはかぎらないのよ。中世の暗黒時代は終わったの！」

ふたりの視線がぶつかった。しばらくするとマルは低い声で笑い出した。「赤い髪の女性は気が強いというが、そのとおりだね。きみはずいぶんと気性が激しいらしい。ぼくの想像では、きみはおしゃべりで、ぼくのために干しぶどうのケーキを喜んで焼くような女性になると思っていたよ。そうならなかったのがよかったのかどうか……」

「干しぶどうのケーキもクレープ・シュゼットもたいして変わりはないわ」グレンダは挑むように言った。

マルが息をのむのがわかった。彼はフライパンを乱暴にテーブルの上に置いた。「きみは昔はかわいい少女だった。それともあれはぼくの記憶違いか」

グレンダの心臓が早鐘を打った。実はこの城に来たのは今日が初めてだと言ったら、マルはどうするだろう？　つい最近まで彼の存在を知らなかったと言ったら？　結婚の無効を申し立てるだろうか。

グレンダは目を見開いて彼を見つめた。するとマルは彼女の隣に覆いかぶさるように立ちはだかった。

「かわいくなくても」マルはつぶやいた。「きみはぼくのものだ、小さな魔女さん」

「マル、わたしは——」

彼は最後まで聞かずに、彼女の唇に指を当てた。「ぼくと言い争いをしようとするのはやめるんだ、きみの肌と髪と顔の造作は美しい陰影を織りなし、不思議な魅力を放っている。きみのその資質をぼくたちの子供にも受け継がせたい」

「マル、お願い、話を聞いて」

「黙って」マルは彼女を椅子から立たせると、抱き上げて唇を重ねた。そしてキャンドルの火を消し、部屋を出て廊下の明かりをたよりに寝室へと通じる階段を上がっていった。

4

マルは彼女を抱き上げたまま、四つの柱が天井へ伸びるベッドの脇《わき》に立った。グレンダの心は叫び声をあげた。わたしを愛していない男性とベッドをともにすることはできない。このままおとなしく屈するわけにはいかないわ！「あなたの知らないことがあるの。お願い、わたしの話を聞いて！」

「いまは話をする時間じゃない」彼は目に欲望の炎をくすぶらせてグレンダの背中のジッパーに手を伸ばし、ドレスを脱がせにかかった。サテンの布が肩から滑り落ちると、グレンダは悪魔を払う呪文《じゅもん》を唱えるように叫んだ。

「自分の子供かどうかわからなくてもいいの！」

「どういう意味だ？」マルは彼女のやわらかな曲線を描く白い肩にキスしながら低い声でささやいた。

「わ、わたしは、その、サイモンと……」

マルの唇が動きを止めた。彼は焼けた鉄のように目を光らせて彼女を見た。「はっきり言え！」

「わたしはサイモン・ブレイクとベッドをともにしたのよ！」

「嘘《うそ》をついてほしかったな、グレンダ」マルの指が彼女の肌に食いこんだ。彼の顔が赤黒く染まり、火傷《やけど》の跡が引きつれていっそう醜く見える。

「ちょっと考えればわかることよ」彼女は捨て鉢になって言った。「女なら、あんな非の打ち所のないハンサムな人を拒めないわ」グレンダはマルの傷にあからさまに目を向けながら話を続けた。「わたしは昔からサイモンを愛していたの。でも母には悟られないようにしていた。知ったらきっと動転するだろうから。でも母が亡くなったあと、わたしたちは互いに気持ちをおさえられなくなったの」

「それでいったいいつ、きみたちの燃え上がった情熱が至福の瞬間を迎えたんだ？」マルの低い声は皮肉に満ちていた。

「サイモンのお父さんはヨークに別荘を持っているの。母が亡くなったあと、わたしはそこに何日か滞在したわ。そのときにそういうことになったのよ」

「きみはあのハンサムな将校への思いを遂げたというわけか。なるほどロマンティックな話だな！」

「そういうことよ」彼女の声は震えていたが、それがいっそう話に真実みを与えていた。サイモンとひと晩過ごしたのは事実だった。新鮮な空気を吸えば、愛する人を亡くした悲しみがまぎれるかもしれないと彼が言い、ふたりでヒースの丘に遠乗りに出かけたのだ。

ところが激しい嵐《あらし》がヨークを直撃し、ふたりは荒れ果てたコテージに避難した。バケツをひっくり返したような雨が降りつづいていたので、嵐が通り過ぎるまで、家に戻ることはできなかった。サイモンがコテージの暖炉に火をおこしたあと、ふたりは身を寄せてチョコレートを分け合って食べた。グレンダが眠気に襲われると、サイモンはゆっくり眠りなさいと安心させるようにやさしく言った。

明け方にようやく嵐は通り過ぎ、別荘に戻った。その道すがら、サイモンは彼女を抱きしめてキスし、ぼくたちふたりは愛し合っていると告げたのだ。

「つまり、サイモン・ブレイクはきみの恋人だったわけだ」マルの声にグレンダのもの思いは破られた。

「ええ」彼女はそっけなく言った。今日は一日じゅう大嘘をついていたのだから、ひとつくらい増えてもたいしたことではない。それにこの嘘にはいくらかの真実が含まれている。エディスのことを思い出さなければ、あの古いコテージで本当にサイモンと結ばれていたかもしれないのだから。

「なんてふしだらな女なんだ！」マルが声を荒らげると、グレンダは殴られると思って身を強《こわ》ばらせた。だが彼は傷を隠すように手のひらで頬を覆い、顔をそむけただけだった。グレンダは心臓が激しく打つのを感じながら彼を見つめた。マルが怖かったが、同時に胸のすく思いもしていた。マルが夫の権利を行使して愛してもいない彼女の処女を奪う前に、サイモンに捧《ささ》げたと信じこませることができたのだから。マルは彼女を子供を産ませる道具としか見ていない。できれば男の子がほしいのだ。そうすれば彼自身がデュバル・マルローにされたように、会社の後継者として息子をきびしく育てられるからだ。

「つまり、きみが妊娠してもぼくの子供かどうかわからないわけだな」マルは陰気な声で言う。

グレンダの胃がよじれた。これまで彼女は誰かをわざと傷つけたことはなかった。しかしサイモンへの思いを守らなくてはならない。サイモンのハンサムな顔も、ヒースの丘で交わしたキスも愛の言葉も忘れられないのだから。グレンダは懇願するように言った。

「お願い、この結婚を無効にして」

「断る」マルは軽蔑《けいべつ》するような目つきで彼女をじろじろ見まわした。「きみをあのハンサムな恋人に渡す気はない。きみは『美女と野獣』みたいだと人に指さされながら、醜い夫とノワール城で暮らすんだ。いいか、あの近衛兵《このえへい》と恋人だったことを打ち明けた罰として、きみをこれから苦しめてやるからな」

マルはドアのほうに歩いていった。グレンダは用心深くその姿を見つめた。マルは彼女には触れずに、怒りを爆発させ、辛辣《しんらつ》な言葉を浴びせただけで満足したのだろうか？

しかしそんな希望は長くは続かなかった。彼はドアに鍵《かぎ》をかけ、わざとらしくゆっくりと彼女のほうに戻ってきた。彼の目は憎しみに満ちている。

「浮気をした女について、言えることがひとつある」マルは乱暴に彼女の腕をつかんだ。「その女を大切に扱わなくてもいいということだ。そうだろう?」

マルは彼女のスリップの肩ひもをつかみ、下に引っ張った。スリップは紙でできているかのように簡単に引き裂かれ、素肌があらわになる。グレンダは爪を立てて引っかいたが、マルは意に介さず、彼女を抱き上げてベッドの上に放《ほう》り投げた。グレンダは声をかぎりに叫んだ。「わたしを強姦《ごうかん》するつもり?」しかしその声は石造りの塔では廊下にさえも届かない。グレンダはそれでもマルをやみくもにたたき、孤児院で覚えた汚い言葉を浴びせかけた。

マルは彼女をやすやすと組み敷いた。グレンダが抵抗するのを楽しんでいるようだった。

「ずいぶんと汚い口をきくじゃないか! ぼくがきみを汚れを知らない乙女のように扱うとでも思っていたのか? べつの男を愛しているからごめんなさいと言えば、ぼくがきみに手を触れないとでも? きみがそんな言葉づかいをしなかったら、きみのその無邪気さに感動していたかもしれない。きみを誘惑するのは簡単だとブレイクに思われても無理はないな!」

「サイモンはあなたと違うわ」グレンダは彼をにらみつけた。「あなたみたいに心のない人ではないわ」

「ぼくにも心はあるから安心するんだな、グレンダ。きみはこれからそれを思い知らなきゃならない」

「だったら死んだほうがましよ」グレンダにはまだ闘う気力が残っていた。彼女にできるのは彼を言葉で傷つけることだった。グレンダは彼に向かってその言葉を投げつけた。「あなたの顔のおぞましい火傷を見るとぞっとするの。もしわたしをどうしても自分のものにしたいなら、電気を消してちょうだい。そうすればあなたの顔を見ないですむから」

マルは息をのみ、褐色の顔から血の気が引いた。彼はぴたりと動きを止めたが、目に激しい怒りの炎が浮かんでいる。グレンダは首を絞められると思って目を閉じた。

「まったく、あばずれ女みたいな口をきくんだな」マルはふいに嫌悪感に耐えきれなくなったようにグレンダから手を離し、ベッドから立ち上がった。グレンダは顔を縁取る赤い髪を波打たせ、はりつけにされたような格好でベッドに横たわっていた。

震えるまつげ越しにマルを見つめる。ランプの光に映し出される彼は大きな黒い影となっていたが、目だけがぎらぎら光っているのがわかった。

「なぜぼくと結婚したんだ？　ブレイクが貧乏だったからか？」

「母の最後の望みだったからよ」グレンダはレースの上掛けをつかみ、素肌を隠した。マルの目を見ていられなかった。そこには欲望に取って代わって鋼のように冷たい表情が浮かんでいる。

「感動的な話だ」彼はあざけるように言った。「この結婚は金とは関係ないというんだな」

「わたしたちは誰もが欲得ずくで行動しているわけじゃないわ」

「きみの母親のエディスはぼくの祖父の遺言によって、贅沢《ぜいたく》な暮らしを送ってきたはずだ」

「ええ――」グレンダは唇をかみしめた。良心がきりきり痛んだ。「あなただってほしいものを手に入れたでしょう。この城を」

「その一方で哀れなグレンダは愛《いと》しい将校との仲を引き裂かれたわけか。その愛しい将校は今朝、教会できみがぼくの妻になるのを指をくわえて見ていた。ぼくなら、愛する人がほかの男のものになるのを黙って見てなどいられないな。祭壇から連れ去るか、あるいはひとりではるか遠くの地に旅立つね」

マルはベッドに背中を向け、ドアのほうに歩いていった。「安心するんだな、これ以上ここにいて、きみに悪夢を与えるつもりはないから」

彼は部屋から出ていってドアを閉めた。とたんに寝室は静まり返った。グレンダはひとりになれたことが信じられなかった。それでも不安はぬぐえず、心臓が痛いほど激しく打っていた。しばらくすると葉巻の香りが窓から漂ってきた。マルが自分の部屋のバルコニーに出て、葉巻を吸っているのだろう。

ああ、なんてことをしてしまったのだろう……。グレンダは上掛けの下にもぐりこみ、顔を枕《まくら》に押しつけた。体の震えが止まらなかった。今晩マルにしたように、これまで誰かをわざと傷つけたことはなかった。彼の目に浮かんだ苦痛に満ちた表情を一生忘れることはできないだろう。

グレンダは窓に目を向けてじっと横たわっていた。窓の向こうには月のない漆黒の夜が広がっている。夜明けの光がさしこんできても、グレンダは眠れなかった。鳥の鳴き声が聞こえるころになって、ようやく眠りが訪れた。

メイドのフレアが起こしに来たときには、すでに昼になっていた。フレアは初夜の翌日は花嫁は昼まで寝ているのが当然だと言いたげにほほ笑んだ。

「マダムはゆっくりお休みになられたようですね」フレアはそう言いながら、厚いカーテンを引いた。まばゆい光が部屋に入ってくる。「ムッシューは奥様を無理に起こさないように言い残して、乗馬にお出かけになりました」

グレンダはベッドのなかで上半身を起こした。そのとたんネグリジェを着ていないことに気づいて、顔を赤らめた。彼女が昨晩着ていたものは部屋のあちこちに散らばっている。

フレアは破れたスリップを拾い、驚いたように見つめた。それからローブを急いで着ているグレンダをちらりと見て言った。「マダム、下着が破けていますわ!」

「わかってるわ、フレア」グレンダは化粧台の前に立ち、髪の毛をくしで梳《と》かしながら思った。フレアは意気揚々とほかのメイドにこのゴシップを話すのだろう。夫が服をきちんと脱がす手間をはぶいて妻と愛を交わしたことは、さぞかし刺激的な話に思えるに違いない。

「これは繕ったほうがいいですか?」

グレンダは首を振った。「いいえ、捨ててちょうだい。繕ってももとには戻らないでしょうから」

わたしの結婚と同じように、とグレンダは心のなかでつぶやいた。わたしは義務で、マルは自分の利益のためにした結婚なのだから。

フレアは破れた下着をたたみ、椅子の上に置いてから尋ねた。「お風呂の用意をしましょうか、それともシャワーを浴びられますか?」

「シャワーにするわ」フレアはなぜ下着が破けたのか尋ねなかった。情熱のおもむくままに愛し合って破れたのだと納得しているようだ。本当は何があったのかを知ったら、目を白黒させて驚くだろう。

グレンダはシャワーを浴びると、衣装戸棚のなかから昼食会にふさわしいドレスを選びにかかった。気乗りはしないが、行かないわけにもいかなかった。夕方にでもマルとふたりだけで話せる機会を見つけて、イギリスに帰してくれと頼むことにしよう。

エディスの気前のよさのおかげで、グレンダは上等な服を何枚か持っていた。じっくり考えたすえに、黒い水玉模様の入ったグレーのドレスを選んだ。シンプルな形だが、ラインが美しい。それからいつものように数分で化粧をし終えた。

「この服をどう思う、フレア？」グレンダはドレスの脇を落ち着きなく伸ばした。

「とてもお似合いですわ、マダム」

「英語が本当にうまいわね。どうしてなの？」

「ムッシューがいつもイギリス人の取引相手やお父様側の親戚《しんせき》をこの城に招待するからです。それにご存知のように、夫を亡くされたお姉様とロバート坊ちゃまもここに住んでいますから」

グレンダは、ジーンという名前の姉がマルにいることを聞かされていた。数年前に彼女は恐ろしい事故にあい、そのときにアメリカ人の夫は亡くなったということだった。夫婦は休暇を過ごしにフロリダに出かけ、高速のエレベーターが備えつけられた新しいホテルに泊まった。しかしそのエレベーターが故障してホテルの地下まで真っ逆さまに落ち、乗っていた客はふたりをのぞいて全員亡くなった。そのふたりのうちのひとりがジーンだった。夫が彼女を抱きしめ、身を楯《たて》にして守ったからだった。

エディスによれば、ジーンは嘆き悲しみ、事故から数カ月経《た》ってもノイローゼのような状態が続いたそうだ。だがジーン・タルボットと七歳になる彼女の息子もこのノワール城に住んでいることは知らなかった。

フレアは香水の瓶をグレンダに手渡した。それはもともとエディスのもので、なかにはいまでも彼女のお気に入りの香水が入っている。グレンダの脳裏に人生を大きく変えた女性の姿があざやかに浮かんだ。エディス・ハートウェルはいつでもシンプルで上品なドレスに身を包み、一九三〇年代の優美な雰囲気を漂わせていた。エディスの生活を支えるためにマルロー家はいったいいくら援助していたのだろう？　それはそもそもデュバル・マルローがエディスの娘に一流の教育を施すために払っていたのだ。

グレンダは化粧台の鏡を見つめた。そこにはエディスに教えられたとおり、背筋をすっと伸ばした淑女が映っていた。その教えはすべてマルロー・デアスをあざむくためだったのだ。グレンダは苦々しい思いで自分の姿から顔をそむけた。まだ唇に苦い感触が残っている。マルを傷つける言葉を口にしたときからその感触はずっと離れなかった。

「母屋まで案内してくれないかしら？」グレンダはフレアに頼んだ。「わたしひとりでは迷子になってしまうもの。城がこんなに大きいなんて思わなかったわ」

「でも、子供のころにいらしたことがあるんですよね、マダム？」

「子供のころのことなんてすぐに忘れてしまうわ」グレンダの心臓がぴくりと跳ね、嘘をついていることを改めて思い出した。くもの巣のように複雑に絡み合った嘘から逃れるためにも、マルと話し合わなくてはならない。

城の外に出ると、昼の熱い日差しが銀色がかった灰色の壁に降り注いでいた。グレンダはフレアに案内されて中庭を横切り、半開きになった楕円形《だえんけい》のドアのほうに歩いていった。

ドアの上には怪物の像があり、そこに止まっていた鳥が意地悪そうな目でグレンダを見下ろした。葉に隠された石版に何か文字が彫られている。おそらく城を建てた主人が彼の座右の銘を刻んだのだろう。それは読む者を威嚇するような傲慢《ごうまん》な言葉に違いない。

グレンダは玄関ホールに足を踏み入れた。作りつけの棚には革表紙の本がずらりと並び、ゴシック風の窓からさしこんでくる光が、兜《かぶと》と甲冑《かっちゅう》をまとった騎士の像やその上に飾られた剣を輝かせていた。彼女はあたりを見まわした。天井に交差させるように渡した黒い梁《はり》から、巨大なシャンデリアがいくつもぶらさがっている。部屋の真ん中に梁と同じ木でできた階段があり、深紅の絨毯《じゅうたん》が敷きつめられていた。

まるで時間が止まってしまったかのように、この城から現代社会のものはすべて排除されていた。ロワール川沿いの風雨にさらされた崖《がけ》の上に立つ城には、おとぎばなしに出てくるような先のとがった塔があり、壁には蔦《つた》が絡まっている。

グレンダはつくづく思った。なるほど、マルロー・デアスが愛のない結婚をしても、この美しい城を自分のものにしたいと思うわけだ。とはいえ、わたしにはそんな結婚は我慢できない。マルに自由の身にしてもらい、エディスへの義理からようやく解放されて、サイモンのもとに戻るのだ。

フレアに声をかけられ、グレンダはびくりとした。「あのドアを開けると広間がありますす。ご家族のみなさまはもうお集まりになっています」

「ありがとう、フレア」グレンダは気持ちを奮い立たせると、広間のなかに入っていった。なかにいた人々がぴたりと話をやめた。グレンダは頭のてっぺんから爪先までじろじろ見られているのを感じた。すぐに背中を向けて部屋から出ていきたくなったが、そんな子供じみた真似《まね》をするわけにはいかない。

「やあ、やっと来たね」乗馬ズボンをはいたマルが席から立ち上がり、彼女のほうに歩いてきた。「きみはくたくたに疲れていたから、今朝は朝寝坊することにしたんだろうって、みんなに話していたところなんだ。ゆっくり休めたかな？」

マルの言葉は欺瞞《ぎまん》に満ちていたが、それでもグレンダの頬はかっと熱くなった。彼は恋人を見つめるまなざしとはかけ離れた冷ややかな目をしていたが、ちょうど家族に背中を向けていた。それからグレンダにキスしながら耳もとでささやく。「ぼくをがっかりさせるなよ」

そう言うと、グレンダの肘に手をかけ、家族のほうに連れていった。結婚したばかりの夫婦のように振る舞えというのだろうか。グレンダは唖然《あぜん》とした。彼は昨晩の惨事を忘れてしまったの？　同じ屋根の下でこのまま嘘をついて生きていくなんてできるはずがないわ！

「かわいい人、こちらが叔母のエロイーズだ。叔母はぼくたちの結婚式に出られなくてがっかりしている。でも腰を痛めているから歩くのがままならないんだ。叔母さん、こちらがグレンダだ」

彼の叔母は腰の痛みにたびたび悩まされているように憔悴《しょうすい》した顔をしていたが、そのまなざしは温かかった。彼女は美しいレースの襟のついた上品な黒いドレスを着ており、耳には真珠のピアスが輝いている。彼女はエディスにどことなく似ていた。苦労を知らず、人生を享受してきたタイプの女性だ。ベッドまで朝食が運ばれ、夜ごと洗いたてのネグリジェを着て、バスルームはいつもぴかぴかだが、自分でタオルをたたむことなど考えたこともない生活を送ってきたのだろう。

「結婚式に参列した人から聞いたけど」エロイーズは関節炎の症状が浮き出た手を差し出した。「あなたはとてもきれいな花嫁だったそうね。わたしも結婚式に出たかったわ。その教会は歴史があって、絵に描《か》いたように美しいんでしょう？　仕方がないから写真を見るだけで我慢するわ。写真はたくさん撮ったの？」

「はい」グレンダはほほ笑み、叔母のやつれた頬にキスした。エディスに似ていたからとっさにそうしてしまったのだ。

「あら、まあ」エロイーズは驚いたように身を引いた。新しい家族を友好的に迎えるが、愛情までは抱けないと決めたかのように。その目は近ごろでは新しい友人を作るのはおっくうなのだと告げていた。かわいそうな人、とグレンダは思った。これまで守られた生活を送ってきたが、これからは病気と闘わなくてはならず、そのせいで体力のほとんどを奪われてしまうのだろう。

グレンダは結婚式にも来ていたマルのいとこのレイチェルとレネにも改めて紹介された。レイチェルとレネは双子だったが、外見はまったく違っていた。黒っぽい髪をしたレイチェルはいかにも頭がよさそうで〈マルロー社〉で秘書をしていた。女らしい魅力の持ち主のレネは、地元のぶどう園で働いている。

「あなたのウエディングドレスはとてもきれいだったわ、グレンダ」レイチェルは外見に見合ったきびきびした声で言った。「シンプルな形だけど、あなたに本当によく似合ってた。とくにその髪にね。その赤褐色の髪は生まれつきなの？」

「もちろん生まれつきだ」マルはいらだったように言う。「お祖父《じい》さんが亡くなる前にこの城にやってきたときと同じ色をしているよ」

レイチェルはマルに向かって眉をつり上げた。「どうやらあなたを不機嫌にさせるようなことを言ってしまったみたいね。でも結婚した当初は、夫は妻の何もかもがかわいいと思うものなんでしょう。たとえ見合い結婚であっても」レイチェルは今度はグレンダに目を向けた。「あなたの国では見合い結婚はめずらしいんじゃないの？　あなたの国の人たちは一緒に暮らす前にまず愛し合わなきゃならないって思うんでしょう？」

マルはレイチェルをじっと見た。「グレンダとぼくが愛し合っていないってどうして思うんだ？」

「あなたは人を愛せるような人ではないもの」レイチェルは皮肉っぽく笑った。「あなたはいつでも仕事に夢中だから。そうそうグレンダ、結婚式に来ていたあのとびきりハンサムな人は誰なの？　金髪で背が高くてしゃれた制服を着ていた人のことよ。式の最中に一度か二度ちらりと彼を見たんだけど、あなたのことを食い入るようにじっと見つめていたわ。あの人はあなたの親しい友人なの？」

「彼の父親がわたしの母の親しい友人なんです」グレンダは注意深く答えた。隣にじっと立っているマルが、危険なほどぴりぴりしているのがわかったからだ。「わたしをマルに引き渡したアーサー卿《きょう》の息子なの」

「それってずいぶんと古風な表現ね。あなたは引き渡されたように感じているの？」

「質問が多すぎるぞ、レイチェル」マルが割って入った。「さあ、グレンダ、次はぼくの姉を紹介するよ」

詮索《せんさく》好きなレイチェルから離れられて、グレンダはほっとした。レイチェルは結婚式をつぶさに観察し、サイモンの存在に気づき、マルにひと言言っておこうと決めたのだろう。レイチェルはいとこに寄せる愛情以上のものをマルに感じているのかもしれない。

ジーン・タルボットは弟には似ていなかった。そう思うのは彼女の髪がマルのように黒くなく、ほとんど銀色に近かったからだ。美しい顔立ちをしているが、その目には生気がなく、心ここにあらずという風情だった。

ソファーの彼女の隣には生真面目《きまじめ》な顔をした男の子が座っていた。その子が本から顔を上げたとき、グレンダは胸を突かれた。これほどさびしそうな目をした子供を見たことがなかったからだ。息子の身を案じる母親が、彼をいつでも目の届くところに置いておくせいかもしれない、とグレンダは思った。

「ロバート、きみの新しい叔母さんだ」マルは言った。「きみたちはいい友達になれる気がするよ」

やめて、マル。グレンダは心のなかで叫んだ。わたしは今日ここを出ていくんだから！

「はじめまして」ロバートは立ち上がり、深々とお辞儀をした。

「あなたに会えてうれしいわ、ロバート」グレンダは男の子の礼儀正しさに感心した。

「前に来たときと同じように、この城をいまでも魅力的だと思ったかしら？」ジーンはそう言ったが、どうでもいいことを尋ねたようにその顔にも声にも感情がこもっていなかった。しかしグレンダはここにも自分が少女のころに会ったことになっている人がいるのを知って警戒した。ジーンの年を推測するのはむずかしい。夫を亡くした心痛で髪がすっかり銀色に変わってしまっているからだ。

「この城には時間を超越した美しさがあります」

「グレンダはこの城のことをすっかり忘れてしまったようだから、昼食のあとにロバートに案内してもらうといい」マルがふいに口を開いた。「この城はきみの家になったんだから」

やめて。グレンダはそう言いたかった。ここがわたしの家になることはないのよ。ここにとどまるつもりはないのだから。

「ロバートはほかにすることがあるんじゃないかしら」グレンダは言った。「どこかに遊びに行くとか――」

マルは眉をつり上げた。彼のまなざしはこう言いたげだった。〝見ればわかるだろう、過保護な母親が子供をこんなふうにしてしまったんだ！　普通の男の子のように泥んこになって遊ぶことをこの子は知らないんだ！〟

「今日は本を読むのはやめて」マルはロバートに話しかけた。「グレンダを馬小屋や、領主が魔女を火あぶりにした柳の木の下に連れていってあげなさい。グレンダ、前にこの城に来たときに、きみはその柳を見に行っただろう。けれどもあのときは、その伝説にまったく興味がなさそうだったけれど」

「わかったわ」グレンダは彼の言葉におとなしく従った。「けれどもマル、あとでふたりだけで会いたいの」

「ふたりで？」マルはあざけるような目で彼女を見た。「時間ならこれからいくらでもあるのに、きみがぼくとふたりだけになるのが待ちきれないなんて、うれしいかぎりだ」

5

玄関ホールに食事を告げるベルが鳴り響き、マルはグレンダの肘を取った。「おなかがすいただろう？　さあ、食堂に行こう」

彼の命令には逆らえなかった。いまの彼女にできるのはマルとともに食堂に行き、楕円《だえん》形《けい》の大きなテーブルで彼の隣の席につくことだけだった。食堂には大きな窓があり、水が弧を描いて吹き出る噴水のある中庭を見渡せた。庭はフレンチ・ヴィクトリアン様式にしつらえてあった。その様式が流行《はや》ったころにマルロー家がノワール城を手に入れたのだろう。

エディスと彼女の実の娘もデュバル・マルローと婚約の取り決めを交わしたあと、ここで食事をしたのだろうか？　デュバル・マルローは自分の命の火がまさに消えようとしていても、マルロー家の将来を支配するつもりだったのだろうか？　グレンダはまつげの下からそっとマルをうかがい見た。彼はもの思いにふけるような顔をしている。

彼女はマルの顔をしげしげと眺め、修道士のフードをかぶせて頭蓋骨《ずがいこつ》を手に持たせたら、

《瞑想《めいそう》の聖フランチェスコ》の絵にそっくりだと思った。マルは何を考えているのだろう？　彼の将来を決めた日のことを思い返しているのだろうか。そのせいでいまの彼は、妻となった見ず知らずの女性と並んで座っているのだ。

グレンダはマッシュルームスープを口に運びながら、レネの話をぼんやりと聞いていた。彼女はしきりにジャックというぶどう園の主人の話をしている。「食事中ずっと、その話を聞かされなくてはいけないのかしら？」レイチェルが口を開いた。

「わたしに嫉妬《しっと》しているのね」レネは口の端をつり上げてテーブルの向こうの姉を見据えた。「あなたがなぜ落ちこんでいるのか、知っているのよ」

「ばかなことを言うのはやめて静かにしなさい」レイチェルはぴしゃりと言った。「正常な頭の持ち主だったら、あなたになんか興味を持たないわよ。まあ、あなたが話していることの半分は想像上の出来事なんでしょうけれど」

「違うわ！」レネは声を張りあげた。「あなたのほうこそ――」

「黙りなさいよ！」

「やれやれ、ふたりの意見が一致することなんてあるのか？」マルが口を挟んだ。「いいかげんに口を慎まないと、グレンダがすずめばちの巣に来てしまったと思うだろう！」

「あら、グレンダはその百合《ゆり》のような白い肌を蜂《はち》に刺されるのが怖いのかしら？」レイチェルがいやみがましく言った。

「グレンダを刺したら、ぼくが相手になるからな」

「ずいぶんとご主人風を吹かせるのね、マル。でもイギリス人の娘は夫に服従することを望むのかしら？　グレンダ、あなたはどうなの？」

グレンダは皿から顔を上げ、レイチェルと目を合わせた。「イギリス人の女性でも夫に服従してもいいと思う人もいます。ただ、夫が女性は自分の持ちものではなくて、人であると理解している場合にかぎりますけれど」

「ちゃんと聞いた、マル？」レイチェルはワイングラスを撫《な》でながらマルに顔を向けた。「あなたは昔から所有欲が人一倍強いから、妻の言うことにちゃんと耳を傾けてほしいわ。会社とこの城を自分のものにしておくためだったら、悪魔にだって魂を売りかねないんだから」

グレンダはそれを聞き、うなじに悪寒が走り、マルに話しかけられると、思わず身がすくんだ。「昼食を楽しんでいるかい？」

「ええ、もちろん――」

「牡蠣《かき》も食べてみなさい」ソースのかかった大きな牡蠣と切り分けられたレモンが盛りつけられた皿があった。マルはそこから牡蠣をいくつかグレンダの皿にのせ、ロバートにも食べるように勧めた。

するとし心配そうに見つめていた母親のジーンが言った。「マル、やめてちょうだい。ロバートが窒息してしまうわ」

「姉さん、ロバートから楽しみをすべて取り上げるつもりかい！」

「息子が窒息したら恨むわよ――」

「そんなこと起こるはずがないさ。さあ、ロバート、牡蠣の味はどうだい？」

「とても美味《おい》しいよ、叔父さん」口のまわりをソースだらけにしているロバートは、年相応の屈託のない男の子のように見えた。

「ロバート、口のまわりを拭《ふ》きなさい」母親がヒステリックに叫んだ。「それ以上食べると、あとで気持ち悪くなるわよ。マル、そんなおぞましいものをわたしの息子に食べさせないで！」

「お祖父《じい》さんのほうが人生の楽しみ方を知っていたな。亡くなる直前にも牡蠣を食べていたんだから」

「そのせいであの世に行ってしまったのよ」ジーンは言い返した。

「そんなに過保護になるのはやめたほうがいい！」

「よくもそんなことが言えるわね」ジーンは目に涙を浮かべ、口もとをハンカチで押さえつけた。「あなたの心は工場で鋳造された鉄でできているんでしょう。せいぜい、グレンダに愛想を尽かされないようにすることね！」

「もうたくさんだ」マルは声を張りあげた。「この家の女性はみんな、食事ぐらいおとなしくできないのか？　グレンダはこんな家族とうまくやっていけるのか、さぞかし不安に思うだろう」

　エロイーズが口を開いた。「お姉さんは仕方ないのよ、マル。彼女は死んだ人とともに生きていこうとしているんだから」

「ねえ、みんな」レネがうなるように言った。「いまだけでも家族を愛しているふりはできないの？」

「また愛っていう言葉を言ったわね」レイチェルがふたたび口を挟んだ。「あなたの頭のなかには愛しかないんだから。でもね、あなたもいずれ、愛なんてものはロマンス小説のなかにしか存在しないってわかるわ。だからみんなロマンス小説が好きなのよ。ハッピーエンドで終わるから。でもね、現実の生活はそんなに甘くないの。哀れなジーンを見ればわかるでしょう！」

「少なくともジーンは不幸な事故を忘れる努力はするべきだ」マルはきっぱり言った。「さあ、みんな気を取り直してキッシュ・ロレーヌを食べよう。ワインのおかわりがほしい人はいるかい？」

「一杯いただくわ」レネはグラスを差し出した。「でもね、マル、ジャックは本当にすばらしいワインを作るの。あなたにも送るように頼んでみるわね」

「それはありがたいね」マルは皮肉っぽい笑みを浮かべた。「けれども、きみがぼくのセラーのワインをまずいと思っているんならがっかりだな。そのワインの大半はワイン通として名が通っていたお祖父さんが集めたものだからね」

マルはグラスをかかげ、ワインの香りをかいだ。「うん、いい香りだ。でもぼくのワインの知識は、一年間ジャックのもとで働いたきみにはかなわないだろうな。二年経《た》ったらきみがどうなっているのか末恐ろしいよ」

レイチェルがぷっと吹き出し、マルに向かってグラスをかかげて言った。「あなたを言い負かそうとするのは賢明なことではないわね。心だけではなく、舌までマルローの工場で鋳造されているんだから」

「まあね」マルはそう言うと、レネに向かって眉をつり上げた。「あせりは禁物だ。きみがワイン産業に情熱を持って取り組んでいるのは知っているが、ぼくは幼いころから鉄鋼業界について学んできた。それでもいまだにわからないことはある。だからなんでも知っているような気にならずに、ほかの人の意見もちゃんと聞くんだ」

「わかったわ。でも……」真っ赤だったレネの顔色がいくらかもとに戻った。「あなたの下で働かなくて本当によかったわ」

マルはグレンダのほうに顔を向け、大きな右手を彼女の左手に重ねた。「うちの家族は食堂で議論するのが好きなんだ。口やかましいが、気立てはいいから安心してくれ」

グレンダはその言葉を信じられたらどれだけいいだろうと思った。ここを出ていくとマルに告げたら、家族のあいだでも一悶着《ひともんちやく》起こるだろう。でもだからといって、暖炉の上に置き手紙を残して立ち去るわけにはいかない。彼に別れを告げる義務があるし、それにタクシーを呼んで空港まで連れていってもらわなくては、城から抜け出してもすぐに迷子になってしまうだろう。

村人はわたしがマルロー・デアスの妻だと知ったら、きっと助けてくれない。マルはこの地の領主も同然なのだから、彼の怒りを買うようなことはしたくないと思うのが当然だ。それにマルを怒らせたら、どこまでも恐ろしい男になるに違いない！

デザートはクリームを添えたプラムのタルトだった。ところがグレンダの驚くことに、ジーンは息子のタルトをチーズとクラッカーに変えさせた。ロバートの悲しげな目を見たとたん、グレンダは衝動的に口を開いていた。「お願いですから、ロバートにもタルトを食べさせてあげてください。こんな美味しいものを取り上げるのは酷です――」

「甘いものを食べすぎて歯がなくなったらもっと酷だわ」ジーンは冷ややかに言った。「ロバートにとって何がいちばんいいのか、わたしにはわかってます！　ねえ、グレンダ、自分の子供ができたら、好きなようにすればいいわ。それでその子が総入れ歯になっても、それはあなたの責任だから。わたしの息子は大人になっても丈夫な歯でいてほしいの。あなたの夫の歯を見ればわかるでしょう。幼いころ、祖父は甘いものをいっさい食べさせてくれなかったわ。こうするのはきびしいことのように見えるけれど、息子はわたしが彼のためを思ってしているんだってわかっているのよ、ねえ、ロバート？」

「うん、わかっているよ」ロバートはプラムのタルトなんか食べたくないという顔で、チーズとクラッカーを黙々と口に運んだ。

マルはブルーチーズを切りながらグレンダに言った。「ジーンの言うとおりだ。子供にはどうすればいいのか教えてやらなくてはならないときがある」

「でも」グレンダは挑むように目を光らせた。「子供を少しばかり甘やかすのは、必ずしも悪いことではないわ。エディスはよくわたしにクリームののったペーストリーを食べさせてくれたけれど、わたしは総入れ歯ではないもの。子供が歯をきちんと磨くことを教えられていたらなんの害もないはずよ」

「母親にはそれぞれの母親のやり方がある」マルは目に笑みを浮かべ、なだめるように言った。「きみがぼくたちの子供にプラムタルトを食べさせても、ぼくはがみがみ言わないことにするよ」

マルの言葉はグレンダの心に不吉な影を落とした。顔を伏せたとたん、レネの笑い声が聞こえた。「グレンダをからかっているのね、マル。新婚生活をはじめたばかりなのに、もう子供ができるのが待ちきれないだなんて。いかにも男性的な発想ね！」

「そういう話はやめて」ジーンが鋭い声を出した。「食卓を囲んで話すような話題じゃないわ」

「あら、でも健康的だわ」レネが言い返した。「少なくともふたりは人生を楽しんでいるもの。それに引きかえあなたはどうなの？　なんせ、あなたは一日の半分を家の礼拝堂にこもって、亡くなった人のためにキャンドルに火を灯《とも》しているんだから」

「よくもそんなことを！」

「でも事実でしょう。そんなことをしても死んでしまった人は呼び戻せないし、何かを分かち合うこともできないのよ。あなたがどれほどギルを愛していたのかは知っているわ。でも彼は逝ってしまったの。あなたはまだ若いんだから、ギリシア悲劇のヒロインのように振る舞わなくてもいいはずよ！」

「マル！　この子がわたしになんて言ったか聞いた？」ジーンは大げさにハンカチを口にあてた。「もしわたしのような目にあったら――」

「マルだってそういう目にあってるわ」レイチェルが唐突に声をあげた。「彼の顔の傷がそれを物語っているでしょう。マルは工場監督を捜しに戻る必要はなかったのよ。それなのに火のなかに飛びこんでいって監督の命を救った。ギルがあなたの命を救ったようにね。けれどもギルだってそのせいであなたにみじめな生活を送ってほしいなんて思っているはずがないわ」

「こんなことを言われていると知ったら、ギルはさぞかしショックを受けるでしょうね！」ジーンは立ち上がった。「いらっしゃい、ロバート。母親がこんな心ない言葉をかけられているのを、これ以上聞かせるわけにはいかないわ。ロバートはわたしが悲しみに暮れているのを知っているんですもの」

ロバートが母親の言葉に従って部屋を出ようとしたとき、マルが口を開いた。「ロバートにグレンダを案内させてほしい。ぼくは書類仕事を片づけなきゃならないからできないんだ。それに、ぼくも姉さんがいつまでも悲しんでいるせいで自分を不幸にしていると思っている。そういう状態が息子にとってよくないってわからないのかい？　歯も大切だが、健全な心に育つことのほうがよほど大切だ」

ジーンはとがめるような目を弟に向けた。「あなたがわたしに意見するなんて信じられないわ、マル。妻をもらって、姉を思いやる余裕なんてなくなったのね、そうなんでしょう？」

「そんなわけはないだろう、ジーン。さあ、テーブルについてコーヒーを飲むんだ。いいかい、もう少し冷静に考えてくれよ。亡くなった人をどれほど思っていても、一緒に墓に入ることはできないんだ。ギルは姉さんのことを愛していたし、それを精一杯証明した。だから彼に愛されたことに感謝しつつも、亡くなったことを受け入れなくてはならない。ギルだってそうしてほしいと思っているはずだ」

「そうかしら？」ジーンは絶望に打ちのめされた顔で立ちつくした。グレンダは思った。きっと昔は美しい人だったのだろう。しかし深い悲しみがその顔に影を落とし、老けこんだような印象を与えている。それほどまでに夫のことを愛していたのだろう。家族に富を授けた鉄を溶かすほどの情熱が、マルロー家の血に流れている証拠かもしれない。グレンダははっとした。それほど激しい情熱がマルのなかにもくすぶっていたらどうしよう……。わたしが捨てようとしている夫のなかに。

「ジーン、自分を責めるのはもうやめるんだ」マルは立ち上がった。黒い乗馬ズボンと膝まであるブーツをはいた彼の姿は威厳に満ちあふれていた。マルは姉の肩にたくましい腕をまわした。彼のそんな姿にグレンダの胸はなぜかざわめいた。「そうしなければ自責の念でおかしくなってしまう。そうしたらロバートはどうしたらいいんだ？　ぼくに感情がないわけじゃない。それはわかっているだろう、ジーン。ぼくの顔が人に冷たい印象を与えるだけなんだ」

「ああ、マル」ジーンが喉の奥から絞り出すような声で言う。「この家は呪《のろ》われているの？　お父様とお母様が悲惨な亡くなり方をしたあと、次にまた何か悪いことが起こるんじゃないかと思って、よく夢でうなされたわ。そうしたら本当に起こってしまった！　次はいったい何が起こるの、マル？　わたしが息子を常に目の届くところに置いておくのも無理はないでしょう。あなただって息子が生まれたらそうするわよね？」

「わからない」マルは陰気な声で言った。「姉さんがロバートのことを心配しているのはわかってる。でも彼が子供らしく遊ぶのを許してやるべきだ。そうしないと大人になったら、姉さんを恨むようになる。そんなふうになってほしくはないだろう?」

「無事に育ってほしいのよ」ジーンは首をめぐらせ、ロバートを見つめた。「ロバートはわたしに唯一残されたギルの忘れ形見なの。だからこの家がどんな呪いにかかっていようとも、わたしは――」

「呪われてなんかいない」マルがきっぱり言った。「どこの家でも悲劇は起こるものだ。さあ、コーヒーを飲んで、それから少し昼寝をするといい。そのあいだにロバートはグレンダを案内するから。若いふたりが午後を楽しんだっていいだろう?」

ジーンは不安そうな顔をしていたが、それでもため息をつくとふたたび椅子に腰を下ろした。ロバートは気づかうような顔で母親の手を握った。「ねえ、ママ、グレンダを案内してもいい?」

「あなたはそうしたいの?」

「案内してあげたい」

「だったら、叔父様のおっしゃるとおりにしなさい」ジーンはグレンダに目を向けた。「ロバートから目を離さないようにしてちょうだいね」

「心配しなくても、ロバートは行儀よくしていると思いますよ」グレンダはそう言いつつも思っていた。男の子なら多少はめをはずして、泥だらけで家に帰るほうが健全なのに。マルの意見は正しい。母親が過度に心配するせいで、ロバートの子供時代の楽しみはことごとく奪われている。このまま監視されつづけていたら、ロバートも母親のようにノイローゼになってしまうかもしれない。こんな小さな子がそんな目にあったらかわいそうだ。笑顔がとてもかわいい男の子なのに。ロバートは子供のころのマルに似ているのだろうか？　目の色は違うけれど。

肌の浅黒いマルはラテン系の顔立ちをしている。そのせいで黒い目がいっそう鋭く見える。若いころの彼は本物のグレンダ・ハートウェルが〝たくましい騎士〟と呼ぶほどハンサムで魅力的だったのだろう。マルもそんなグレンダに好意を抱いたのだ。この城に住むことを夢見て、見合い結婚も喜んで受け入れた素直で明るい少女に。そんな子が若くして亡くなったなんて本当に気の毒なことだ。それともマルロー家に関《かか》わる者には悲劇が待つ運命なのだろうか？　ジーンはそれを呪いと言っていた。

伝説によれば、魔女と呼ばれた娘はこの城のどこかで火あぶりにされたという。そのときに立ちのぼった煙が暗雲となって、城の上に立ちこめているのだろうか……。そんなのは迷信だと頭から追い払おうとしても、ジーンの憔悴《しょうすい》した顔とマルの焼けただれた顔を見ると、呪いはあるのだと思えてしまう。

コーヒーを飲み終えると、昼食会はお開きになり、グレンダはロバートに城を案内してもらった。ふたりは最初に柳の木へと向かった。いくつもの枝を垂らした柳の木の下は、不自然なほど静まり返っていて、鳥のさえずりさえも聞こえない。ふいにロバートがグレンダの手をつかみ、真剣なまなざしで言った。「魔女って本当にいるの？」

「わたしたちの頭のなかにね。わたしたち人間はさまざまな空想を信じてしまうの。でもそれはいいことでもあるのよ。わたしたちの心が活発に動いている証拠だから。想像もできない人間はつまらなくって退屈なだけでしょう」

「あなたはマル叔父さんの書斎に飾ってある魔女の絵にそっくりだ」

「まあ、そうなの」

「とてもきれいな人なんだよ、あなたみたいに赤い髪をしていて」

「その絵のところにも案内してね。その前にこのあたりでほかに見ておいたほうがいいものはある？」

ローンボウリング用の芝地を抜けて、小さなアーチェリー場を横切ると、馬小屋に行き当たった。そこには手入れの行き届いた立派な馬が数頭飼われていた。仕切りの向こうから黒毛の馬が顔を出していたので、グレンダは撫でてやった。

「あぶない！」どこからともなく声がして、半ズボンをはいた男がグレンダに近寄ってきた。「アルミードに触ってはいけません。アルミードは気分屋で、このあいだも馬屋番の子をかんだんです」

「この馬は素直な性格のようだけど。きっとその子は乱暴に扱ってしまったのよ」グレンダはアルミードを少しも怖いとは思わず、つやつやした黒い頭を撫でながら言った。彼女はエディスに引き取られてからすぐに乗馬を習いはじめた。内気だった少女の常として彼女は動物には心を開くようになり、馬の機嫌が手に取るようにわかるようになったのだ。

「誰の馬なの?」

「ご主人様です。アルミードがほかの人を乗せることはほとんどありません」

「でも散歩に行きたそうな顔をしているわ」

男はズボンのポケットに手を突っこんだ。「ご主人様はあなたがアルミードに乗って首の骨を折ることは望んでおられないでしょう」

グレンダはほほ笑んだ。「わたしには乗りこなせないと思っているのね」

「乗りこなせるのかもしれませんが、わたしはご主人様がどう思われるかを心配しているのです」

「ムッシュー・マルローはそんなに怖い人なの?」

男は肩をすくめたが、グレンダとロバートが馬小屋から出ていくまで、ふたりをじっと見ていた。

「あの人は馬小屋の責任者なんだけど、中世の家来みたいに叔父さんに忠実なんだ。まあ、叔父さんがそうするのを望んでいるんだけど」

「そのようね」グレンダはそうつぶやきながら、脚の震えを無視しようとした。マルの名前を聞いただけで、びくびくしている自分がいやでたまらなかった。彼女は努めて明るく言った。「次はどこに連れていってくれるの?」ロバートは声を弾ませた。「大きな鯉《こい》がいてね、ぱしゃぱしゃ跳ねるんだ」

「ロバートは魚が好きなのね」ふたりは低い壁に囲まれた石畳の道をくだっていった。壁から垂れさがる赤いスカートのようなフクシアの花が、風に吹かれて楽しげに揺れていた。やがて池が見えてきた。

つややかな葉の茂ったいちじくの老木が水面に影を落とし、池のなかでは金色の鯉が睡《すい》蓮《れん》の葉の下をすいすい泳いでいる。ロバートはこけの生えた岸辺から水の上に身を乗り出して鯉を眺めた。そのときだけは病気の母親を気づかって生真面目《きまじめ》な態度をとるのではなく、年相応に無邪気にはしゃいでいた。

「ねえ、きれいでしょう?」ロバートはさらに顔を水面に近づけた。「あの虎《とら》のような縞《しま》模様《もよう》の入った鯉をつかまえるから。見ていて、グレンダ!」

グレンダは気をつけて、とは言わなかった。母親から何度もその言葉を聞かされているだろうと思ったからだ。しかしそんな気づかいが裏目に出てしまい、グレンダが見守るそばで、ロバートは大きな水しぶきを上げて池に落ちてしまった。

「まあ!」グレンダはすぐに手を伸ばしてロバートをつかみ、池のふちに引き上げた。しかし彼はずぶ濡れで、白いシャツは池の水と同じ緑色に染まっている。

「もうちょっと気をつけなきゃだめよ」グレンダは困り顔で彼を見つめた。「濡《ぬ》れねずみのようになったあなたを見たら、お母さんは取り乱すかもしれないわ。さあ、部屋に戻って服を乾かしましょう」

グレンダは足早に城のほうに向かいながら、ジーンに気がつかれずに、ロバートに着替えさせられるだろうかと考えた。ロバートが池に落ちたことを知ったら、ジーンは必要以上に騒ぎ、ヒステリーを起こしてしまうかもしれない。ロバートは男の子らしく遊ぶことを禁じられ、従順なロボットのように振る舞うことを要求されているのだ。ジーンがそんなふうにするわけもわからなくはないけれど、このままではロバートがノイローゼになってしまう。

ロバートはおずおずと笑みを浮かべてすまなそうに言った。「落ちるなんて思わなかったんだ。ごめんなさい――」

「男の子は無茶をするのが当たり前だわ」彼女は安心させるように言った。「あなたのお母さんは午後はお昼寝をしているのよね？」

ロバートは髪から顔にぽたぽた落ちてくる水に顔をしかめながらうなずいた。

「お母さんを起こさずに、こっそり部屋に入って、着替えを取ってこられると思う？」

彼は唇をかみしめて考えてから言った。「できると思う。そうしたらママに心配かけずにすむんでしょう？　ママはすぐに動揺してしまうんだ。ぼくが三歳のときにパパが亡くなって、それから愛する人がぼくしかいなくなっちゃったから」

その言葉はグレンダの心を揺さぶり、どことなくマルに似た男の子に愛情が湧《わ》いてきた。

「できるだけ急ぐのよ。風邪をひいたら困るから」

ふたりはスパイのように足音を忍ばせて階段をのぼり、廊下を進み、ジーンの部屋の前に立った。それからロバートは音をたてないようになかに入り、彼の部屋から着替えを取ってきた。そしてグレンダに連れられて彼女の部屋に行き、シャワーを浴びて体を乾かした。

グレンダは一段落つくと、赤い髪の魔女の絵が見たいので、書斎に案内してほしいと頼んだ。

階段を下りながらグレンダは言った。「書斎にお茶とトーストを持ってきてもらいましょうか？」

「お茶はいつもママの部屋でママと飲むんだ」口ではそう言ったが、ロバートの目はグレンダとお茶が飲みたいと訴えていた。

グレンダはほほ笑んだ。「今日は休日みたいなものだから、午後いっぱいわたしと一緒にいてもお母さんはきっと許してくれるわ。あなたにとってもいい気分転換になるでしょう、ロバート」

彼はうれしそうにうなずき、廊下の突き当たりにある書斎に彼女を案内した。そして背の高いドアを開けると、そこには大きな部屋が広がっていた。

「すごいでしょう」ロバートはつぶやいた。「頭のついた熊《くま》の敷物もあるんだよ」

グレンダは部屋を見まわした。壁はすべて革張りで、ガラスがはめこまれた大きなマホガニーのキャビネットには本がぎっしり詰めこまれている。デスクの横には座り心地のよさそうな椅子があり、下には東洋風の絨毯《じゆうたん》が敷かれている。石造りの巨大な暖炉もあり、マントルピースは背の高い男性でも楽に寄りかかれるほど高かった。コインや宝石や翡翠《ひすい》の小像を収めた鼈甲《べつこう》でできたキャビネットもあった。天井まで届く窓には緑と銀のにしき織りのカーテンがかかっている。

グレンダの目は部屋の奥のアルコーブのなかの古い額縁に納められた絵に吸い寄せられた。淡い光が、中世時代の女性の肖像画を照らしている。顔はミルクのように白くなめらかで、そのまわりを長い赤褐色の髪が縁取っている。その髪は猫のような目にもかかっていた。顎の真ん中がわずかにくぼんでいて、ふっくらした唇は少しばかりすねたように引き結ばれている。緑色のベルベットのドレスを着ており、細くて長い首に大きなペンダントがさがっていた。そばに寄って見てみると、ペンダントの先には琥珀色《こはくいろ》の石がついていて、グロテスクな怪物の絵が彫られている。

「これがわたしに似ているという魔女ね」グレンダは言った。「鼻の先にいぼはついていないみたいだけど、そうよね、ロバート？」

「『オズの魔法使い』に出てくる魔女みたいに？」ロバートは笑い声をあげた。

「そうよ」グレンダはそう言うと絵から顔をそむけた。絵の女性は火あぶりにあって殺された実在の人物だったことを思い出し、ぞくりとしたからだ。遠い昔の暗黒の時代にはそんな恐ろしいことが現実に起こったのだ。彼女の見かけや振る舞いがほかの人とは違うという理由だけで、足もとに焚《た》きつけの木の束を置かれ、火をつけられて殺されるなんて。

「もうじき雨が降り出すよ」ロバートが窓のそばの腰掛けによじのぼった。「ほら、空が真っ黒だ！」

空を見渡すと、グレンダはふいに寒気を覚えた。黒雲のせいで、夕暮れがいち早く訪れたようだ。それでも彼女は今日じゅうに城を出ていくとマルに告げなければならないのだ。

「お茶を持ってきてもらいましょう！」グレンダは呼び鈴の取っ手を引っ張った。「暖炉に火をつけたら暖かくなるわね。マッチがあったら、わたしにも火がつけられるんだけど」

あたりを見まわすと、テーブルの上に模様が刻まれた箱があり、なかには葉巻が入っていた。おそらくマルのものだろう。グレンダはマルがマッチで葉巻に火をつけていたことを思い出して、テーブルの引き出しを開けた。

「マッチがあったわ！」革張りの本の下に折りたたみ式のマッチが置かれていた。グレンダは好奇心に駆られて、その革張りの本を手に取った。驚くことに、それはイギリスの詩人ロバート・ブラウニングの本だった。まさか、と彼女は思った。マルが詩集なんか読むはずがないわ。しかしその本からは葉巻のにおいがし、マルのものに間違いなかった。

本をめくろうとすると、あるページが自然と開いた。どうやらそこをよく読むので、開く癖がついているらしい。彼女の目はアンダーラインが引かれた箇所に釘《くぎ》づけになった。

りんごが紅《あか》く熟れるところでは
のぞき見をしてはいけません
エデンの園を失うといけないから
イブもわたしも

グレンダは本をあわてて閉じ、引き出しに戻した。勝手に見てしまったことに後ろめたさを覚えていた。これはきっとマルが秘密にしていることなのだろう。鉄のような心の持ち主の彼が、ここで葉巻をくゆらせながら、ブラウニングの詩を、それもこんなにロマンティックな詩を楽しむなんて。

彼女は暖炉の前にひざまずき、三、四本、マッチをすってようやく火をつけた。すっかり動揺していた。けれどもどうしてマルをロマンティックだなんて思えるだろう。マルがわたしと結婚したのはその見返りが目当てだったからだ。彼は結婚前にわたしを訪ねてくる手間さえ惜しんだのだ。傲慢《ごうまん》な彼のことだから、わたしは喜んで結婚すると思ったのだろう。けれども実際に、わたしはマルの思惑どおりにいまこうしてノワール城にいる。

グレンダは炎をじっと見つめた。わたしはここにいるべきではないのだから、マルや彼の家族の前から立ち去らなくてはならない。赤い髪をしていても、わたしがエディス・ハートウェルの本当の娘ではないと誰かに気づかれる前に。

書斎のドアがふいに開き、グレンダはびくりとして顔を向けた。そこにはメイドが立っていた。「呼び鈴を鳴らしましたか、マダム?」

「ええ、ロバートと一緒にここでお茶をいただきたいの」

メイドは腰掛けに長々と寝そべっているロバートを見て、驚いたように言った。「お母様はこちらでお茶を飲むことをお許しになっているのですか?」

ロバートが不安げな顔になったので、グレンダは励ますようにほほ笑んだ。「心配はいらないわ。ロバートのお母様はわたしが一緒にいることを知っているから。夫がわたしとロバートに午後を一緒に過ごすようにと言ったの」

「わかりました、マダム」メイドはためらうように言った。「申しつけにそむくつもりはないのですが、坊ちゃんはいつもお母様と一緒におられますから」

「ロバートは城をわたしに案内してくれたの。だから温かいお茶とトーストをいただいてひと息つきたくて。書斎で食べても大丈夫でしょう？」

「ええ、大丈夫ですわ」メイドはそう言うと、花嫁はこの家でもうすっかりくつろいでいると言いたげに暖炉の火をちらりと見て、書斎から出ていった。

グレンダは絨毯の上に座りこみ、膝を引き寄せて抱えた。暖炉の火の暖かさは心地よかった。このなんとも魅力に満ちた古城に一緒に住むのが、マルロー・デアスでなくて、サイモンだったらよかったのに。そうだったら逃げる必要はなくなる。サイモンだったら、闇《やみ》の力までも操るような陰のある男性と違って、恐れる必要はないのに。

そう、マルにはどことなく陰があって、彼がいると、不安な気持ちにならずにはいられない。彼と初めて会ったときからそんな気持ちがしていた。グレンダはあたりを見まわし、この部屋にいるマルを想像した。棚に並んだ本はただの飾りではなくて、実際にマルは読んでいるのだろう。部屋に飾られた版画や絵は彼が選んだものに違いない。美術品に対する鑑識眼をマルが持っているのは明らかだった。彼はそれを目で楽しむだけではなく、いかにも商才に長《た》けたフランス人らしく、いい投資にもなると思ったのだろう。

膝を抱える彼女の腕に力がこもった。彼女の夫となった男は鉄を支配しているだけではなくて、世知にも通じている。けれどもわたしの心は、わたしがほかの男のものになるのを、軍人らしく気丈に見守っていた人を求めている……。

グレンダは顔を伏せた。サイモンがここに来て、わたしを助け出してくれればいいのに。

でもそれはかなわぬ夢だ。自分の力だけでこの愛のない結婚から逃げ出さなくてはならない。

6

グレンダはロバートとともに絨毯《じゅうたん》の上に座り、プラムジャムたっぷりの、かりかりに焼いたトーストに舌鼓を打った。ジャムを塗ったら怒られないかとはロバートにはきかなかった。もしいまジーンがやってきて、息子の口のまわりにジャムがべったりついているのを見たら、ただちに二階の自分の部屋に連れ帰り、歯をすり減るほど磨かせるに違いない。

「楽しい?」

ロバートは目を輝かせてうなずいた。「あなたのママは小さいころジャムを食べさせてくれた?」

グレンダは孤児院にいたころを思い返した。そこではパンにジャムを塗るという贅沢《ぜいたく》はほとんど許されなかった。エディスと住むようになり、初めてクリームとジャムをたっぷりのせたスコーンを食べたとき、あまりの美味《おい》しさに驚いたものだ。あのときエディスが好きだったダージリンティーも初めて飲んだ。エディスは眠れないことが多く、よく夜にお茶を飲んでいた。隣の寝室で寝ていたグレンダは、銀のスプーンと磁器のカップが触れ合う音をよく聞いた。そんなときは寒々しい孤児院から居心地のいい寝室に魔法をかけたように連れてきてくれたエディスに心から感謝したのだった。

「あなたのママはやさしかった？」ロバートは紅茶のカップ越しに尋ねた。

「ええ。とてもやさしくしてくれたわ」

「ほかの子供たちと遊ぶのを許してくれた？」

グレンダの喉は締めつけられた。息子を束縛し、ほかの子供たちと遊ばせないのは、ジーン・タルボットの身勝手以外の何ものでもない。この年ごろの子供はほかの子供たちと遊んで友情をはぐくむべきなのに。こんな独善的な行為は愛とは呼べないのではないだろうか。

「同じ年ごろの友達はいないの、ロバート？」

彼は首を振った。「ぼくは学校に行ってないから。勉強は家庭教師に教えてもらっているんだ。その人はきびしくって、ぼくは算数ができないって言うんだよ。一生懸命やるんだけど、どうしても間違えちゃうんだ。そしたらその人は、ぼくのことを劣等生だってママに言いつけたんだ」

「あなたにも得意なものはあるはずだわ」

「絵を描《か》くのが好きなんだ」ロバートは勢いこんで言った。「マル叔父さんは、ぼくは馬の絵を描くのがうまいって褒めてくれた」

「それじゃあ、あなたは将来芸術家になるかもしれないわね」

「できればそうしたいけど、ママは反対するかもしれない。ぼくに父さんのような弁護士になってほしいとママは思っているんだ」

「弁護士になったらあなたのお母さんは喜ぶでしょうね。でもね、ロバート、わたしたちは自分のなりたいものになるべきだわ。あなたに芸術的な才能があるんだったら、それを伸ばすべきよ。みんなが馬の絵をうまく描けるわけではないんですもの。乗馬はするの？」

「ママが許してくれないんだ」ロバートは唇をかみしめた。「でもね、それはママがぼくを愛してくれているからなんだ。ぼくはひとりっ子だからね。あなたにはきょうだいはいるの？」

「わたしもひとりっ子よ。でもわたしの母のエディスは乗馬を習わせてくれたわ」

グレンダはバートン・ル・クロスの森に遠乗りに出かけたことを思い出してほほ笑んだ。冬には雪をかぶった木々のあいだを、夏にはつややかなアザレアが咲き誇る土手を馬で駆け抜けたものだった。エディスにはいくら感謝してもしきれない！　エディスは危険を避けるために、人生の楽しみを棒に振るような人ではなかった。そのすべてはマルロー家のお金に支えられていたのだけれど……。

そういう意味ではエディスは天使ではないのかもしれない。けれども彼女はやさしくて楽天的であることの美徳を持っていた。グレンダは彼女と暮らした日々の思い出を大切に胸にしまっておこうと誓った。マルと不幸な結婚をしたからといって、思い出まで汚されるわけではない。

グレンダは尋ねた。「わたしはあなたをなんて呼べばいいのかしら?」

「マル叔父さんが前にぼくのことをロビーって言ったんだけど、ママがいやがったんだ」ロバートは鼻に皺《しわ》を寄せた。

「ロビーって呼ばれたいの?」

ロバートはうなずき、口についたジャムをなめた。「ママがロビーと呼ぶのをやめてくれって言ったとき、叔父さんはものすごく怖い顔になったんだ。そういえば、ぼくは大人になったら叔父さんみたいに馬に蹄鉄《ていてつ》を打ってやりたいんだ。叔父さんはほかの誰にもさせないんだよ。叔父さんは馬小屋の裏に小さな鍛冶《かじ》場を持っていて、蹄鉄を自分で作るんだ。それを馬に打つとき、ときどきぼくに馬の脚を持たせてくれるんだ。叔父さんは打つのがうまいから、馬は全然痛がらないよ。マル叔父さんはいろんなことができるんだ。そんな叔父さんと結婚できてうれしいでしょう、グレンダ?」

「ええ、大喜びよ」グレンダはそうつぶやき、暖炉の火を見やった。マルが鍛冶場で上半身裸になって作業する姿が頭に浮かんでいた。彼がハンマーを振り上げて蹄鉄をたたくたびに、汗が飛び散り、褐色の肌がつややかに輝くのだろう。そう思ったとたん、震えが体を駆け抜け、あわててマルの姿を頭から追い払った。

炎のようなマルの圧倒的な強さを思い出したくなかった。それは彼が結婚式の祭壇に立っているときでさえ感じられた。手を握られたときに、彼のその力強さで骨が折れるのではないかと思い、手を引っこめたいと思ったほどだった。

グレンダは悲鳴をのみこむように口を手で押さえた。愛し合っている者しか交わしてはならない誓いの言葉を言う前に、祭壇から逃げ出すべきだったのだ。さもなければ、それは神への冒涜《ぼうとく》にあたる。その代償としてこうして良心の呵責《かしゃく》と災いを与えられているのだ。

とはいえ、日が西に傾き、部屋のなかが暖炉の明かりと暗闇《くらやみ》に包まれると、グレンダは勇気が萎《な》えていくのを感じた。本能は彼女にこう警告していた。

臆病《おくびょう》かもしれないが、マルの許可を得ずに黙って城を抜け出すのがいいかもしれない。マルに愛されていないのだから、わたしはここには住めない！　彼が気にかけているのは、マルロー・デアスの名前を子孫に受け継がせることだけ。その目的を果たすために、彼は今晩にも寝室にやってくるかもしれない。

彼女は昨晩のマルをありありと思い出した。彼はその長身の体でわたしの前に立ちはだかり、服従しろと言いたげに鉄のように強靭《きょうじん》な腕でわたしを抱きしめた。そしていとも簡単にわたしをベッドの上に押し倒した。やさしさも気づかいもまったく感じられないほど乱暴だった。顔を見たくないから電気を消してとわたしが言ったとき、彼が部屋から出ていったのは情けをかけたのではなく、プライドがそうさせたのだろう。

グレンダがもの思いにふけっていると、ふいに書斎のドアが開いた。ジーンがそこに立っていた。ジーンは息子が絨毯の上に寝そべってお茶を飲んでいるのを見ると、ずかずかなかに入ってきた。

「あなたはこの家にまだ二日間しかいないのに、もう息子をわたしから引き離そうとしているのね！」ジーンが振り上げた手がジャムの瓶にぶつかり、瓶は暖炉に当たって砕け、ジャムが飛び散った。

「ばかなことを言わないでください――」グレンダはジーンの目に浮かんだ憤怒《ふんぬ》に驚き、言った。「そんなことをするつもりはありません」

「あなたが何を考えているのかなんてお見通しだわ。成り上がりの小娘のくせに！　わたしの弟と結婚したからには、あなたはこの城の女主人になったんですものね。でもね、祖父を言いくるめるのは簡単だったかもしれないけれど、マルは一筋縄じゃいかないわよ。それにわたしがいるかぎり、ロバートはあなたなんかにたぶらかされないわ！」

ジーンは息子の手を引こうとした。しかしロバートは立ち上がると、母親の剣幕に驚いたようにあとずさった。

「冷静になってください」グレンダも立ち上がった。「ふたりでお茶を飲んでいただけです。それのどこがいけないんですか？」

「ロバートはいつもわたしとお茶を飲むの。あなたがそそのかさなければ、ロバートはここにはいなかったはずよ。この子を部屋に連れ帰ったら、あなたには二度と近づくなって言い聞かせるわ。鞭《むち》で打ってでも言うことを聞かせるから」

「彼に体罰を与えるのはやめてください」グレンダはロバートの身を守るように肩に手をまわした。ロバートは傷ついたような顔をしている。あふれんばかりの愛情を向けたかと思ったら、次の瞬間、体罰を与えると脅かす母親にすっかり混乱しているのだろう。

グレンダはジーンと目を合わせた。「理由もないのにロバートを罰することはできません。どうか冷静になって、ジーン。それに彼が同じ年代の友人を持つことを許してあげてください。あなたは彼の心と体を支配することはできません。そんなことをしたら、彼はあなたを愛する代わりに憎むようになってしまいますよ」

「愛ですって？」ジーンは、ばかにするようにグレンダをじろじろ見まわした。「あなたが愛について何を知ってるっていうの？　弟があなたを愛しているとでも思っているわけ？　弟があなたと結婚したのは祖父の命令だったからよ。金銭的な理由もあるわ。エディス・ハートウェルが自分の財産をまったく持っていなかったことはみんな知っているわ。それでも贅沢な暮らしができたのは、マルロー家が援助していたからよ。マルはそれを承知で、いままであなたにかけたお金を回収したいのよ。だからあなたのその赤い髪と緑の目を受け継いだ息子を――」

ジーンは途中で言葉を切り、目を細めてグレンダの顔をじっと見つめた。雨がぽつぽつ落ちる窓からさしこむほの暗い夕暮れの光が、グレンダを照らしている。

「あなたは昔は緑色の目をしていたわ」ジーンはグレンダのほうに近寄っていった。「祖父があなたが緑色の目をしているのに気づいて、小さなエメラルドのついた三日月形のブローチをプレゼントしたのを覚えているもの」

グレンダの心臓は激しく打った。この瞬間が来るのを何よりも恐れていたのだ。デュバル・マルローが孫息子の嫁に選んだ少女とは目の色が違うと、誰かに気づかれるこの瞬間を。

「いまのあなたの目は緑色ではないわ」ジーンはいぶかるように言った。「どうしてなの？」

「わたしにもよくわからないんです」グレンダは平静を装って答えた。少しでも不安そうにしたら、ジーンはますます疑いをつのらせるだろう。「青い目は大人になったら灰色に変わってしまうことがあるそうです。わたしの場合は緑色が失われてしまったんだと思います」

「祖父があなたにプレゼントしたブローチはまだ持っているの？」

「いいえ、残念なことに、なくしてしまいました」グレンダはそのブローチのことを知っていた。エディスが娘と最後の旅行に出かけたとき、そのブローチは娘のブラウスについていた。しかし娘が船の手すりから身を乗り出したときに、ブローチは海に落ちてしまったのだ。エディスはそれが娘の不幸な死の前ぶれに思えてならないと話していた。

「あんなに美しいブローチをなくすなんて不注意ね。本当はわたしがほしかったのよ。でも祖父はマルのことばかり気にかけて、わたしのことはどうでもよかったのよ。マルに会社を継がせようと決めていたから。だからわたしは十八歳のときにこの家から逃げるようにニースのホテルで受付係として働きはじめ、そこで夫に出会い――」ジーンは言葉を詰まらせると、両手で顔を覆い、わっと泣き出した。「もう我慢できない、我慢できないわ！」それからくるりと背中を向けて部屋から駆け出していった。

グレンダは力なく椅子に座りこんだ。ロバートが彼女の肩に顔をうずめた。

「かわいそうなママ」彼は小声で言った。「ママのところに行ったほうがいい？」

「もうちょっとしてからのほうがいいわ」グレンダは男の子のつややかな黒い髪を撫《な》でた。

ジーンもかつてはこのような髪をしていたのだろう。しかし夫を亡くした悲しみのせいで、すっかり銀色に変わっている。マルは姉が正気を失おうとしていることに気づいているのだろうか？　それとも仕事が忙しくて、ジーンが息子を傷つけてしまいかねないほど精神を病んでいることに気づいてないのだろうか？

「ロバート」グレンダは静かに切り出した。「わたしと一緒にお母さんのことを叔父さんに話しましょう。あなたは頭のいい子だから、お母さんの様子がおかしいことに気づいているでしょう。あなたがお母さんを愛していることはわかってる。けれども彼女にあなたを傷つけるようなことをさせるわけにはいかないわ」

ロバートはうなずき、ため息をついた。「叔父さんはママを病院に入院させるかな?」

「そうさせるかもしれないわね」

「だったらぼくの面倒は誰がみてくれるの? あなたがみてくれる?」

ロバートは悲しげな顔で彼女をじっと見上げた。グレンダも孤児院にいたころは常に不安につきまとわれていたので、ロバートの気持ちは手に取るようにわかった。「わたしはここにいるわ、そうでしょう?」彼女は心の動揺を押し隠してほほ笑んだ。どうやら今晩はここに泊まるしかないようだ。この家にはほかにも女性がいるけれど、ロバートの気持ちをわかってやれる者はいないだろう。彼の大叔母は病気のことで頭がいっぱいだし、ふたりのいとこに細やかな気づかいができるとは思えない。そんな人たちにロバートをまかせるわけにはいかない。

「さあ、叔父さんに話しに行きましょう」グレンダはロバートの手を引いて廊下に出た。するとちょうどマルが険しい顔つきで玄関の扉から出ていくところだった。外は激しい雨が降っているのに扉は大きく開かれていた。マルはトレンチコートを着ていたが、あわててはおったらしく、ベルトが腰からぶらさがっている。手には懐中電灯を持っていた。マルのあとを追うようにふたりの使用人も外に出ていった。

レイチェルが玄関ホールから電話をかけようとしていたが、なかなかつながらないらしかった。メイドが数人階段の下に集まって興奮したようにひそひそと話をしている。やがてレイチェルは電話をするのをあきらめ、顔をしかめて立ちつくした。

「いったい何があったの？」グレンダは胸騒ぎを覚えて尋ねた。

レイチェルはグレンダをちらりと見てからロバートに目を移し、ためらうように言った。「ジーンが……」唇を舌先でなめて続ける。「何かの薬を大量にのんで、森のほうに走っていってしまったの。森は広いし、土砂降りの雨が降っているっていうのに！」

あたりがしんと静まり返った。次の瞬間、ロバートはグレンダからぱっと手を離し、玄関のほうに走り出した。「ママ……ママ……、ぼくを置いていかないで！」

「待って、ロバート」グレンダは止めようとしてあとを追って外に出たが、ロバートは彼女を振り切って、マルと使用人が向かったほうに駆けていった。

グレンダは立ち止まり、息をあえがせた。雨に打たれて髪が首に絡みつき、ドレスが体に張りついている。ああ、神様、ロバートが無事でありますように。彼女は祈った。かわいそうなジーン。そんなにも追いつめられていたなんて。こんな雨のなか、森に向かって駆け出すなんて、自殺行為としか思えない。城を囲む森は広くて鬱蒼《うっそう》としているのに、マルたちは月明かりもなしに、ジーンを捜さなくてはならないのだ。

グレンダはずぶ濡《ぬ》れになっていることに気づき、寒さに震えながら城に引き返した。玄関ホールに戻ると、レネとエロイーズもそこに来ていた。肘掛け椅子に座っていたエロイーズは、憮然《ぶぜん》とした顔で口を開いた。「頭も痛いし、心臓もどきどきしてきたわ。まったくジーンったら、どうしてこんな身勝手なことをするのかしら」

「身勝手ですって？」レイチェルが声をあげた。

「自殺しようとする人は身勝手よ」叔母はきっぱり言う。「ほかの人に迷惑をかけることなんか気にしていないんだから。こうなる予感はしてたのよ。ジーンが心のバランスを崩していることは明らかだったもの。人はそれぞれ問題を抱えているわ。わたしはもう何年も病気に苦しめられている。でもわたしがヒステリーを起こしたり、めそめそ泣いたり、鎮静剤を大量にのんだりしたことは一度もないでしょう」

「彼女はギルを深く愛していたのよ」レネがしんみり言った。「でも彼は悲惨な事故で亡くなってしまった。ロバートさえいなかったら、ギルのあとを追ったほうがジーンは幸せだったかもしれないわ」

「知ったような口をきくのはやめなさい」レイチェルがぴしゃりと言った。「マルは医者に連絡するように言ったの。でも電話がつながらないのよ。わたしはいったいどうすればいいの！」

「あなたも落ち着いたほうがいいわ」レネが言った。

「わたしたちをこんなふうに怖がらせるなんて、ジーンは本当に思いやりがないわ」マルの叔母はため息をついた。「自殺したいんだったら、せめて自分の寝室ですればいいのに。そうすればほかの家族は巻きこまれずにすむのよ」

「もうたくさんだわ」グレンダはかっとして声をあげた。「ロバートのことを気にかけてあげる人は誰もいないの？　彼は雨に打たれながら、暗闇のなかで母親を捜しまわっているのよ。もし母親が亡くなっているのを見つけたら、どれだけショックを受けるか――」

グレンダはふっと口をつぐんだ。寒くて体ががたがた震え出したのだ。

「あなた、ずぶ濡れじゃない！」レネが叫んだ。「あなたも雨に打たれたの？」

「ロバートを止めようとしたんだけど、あの子はわたしの手を振りほどいて行ってしまったわ。でもわたしは大丈夫だから――」

「だめよ、すぐに着替えなきゃ、あなたのほうが死んじゃうわ」レネは心配そうに言った。「わたしの部屋に来て。部屋着を貸してあげるから。マルがジーンを見つけるまであと何時間もかかるかもしれないんだから」

「でもマルはロバートの面倒をわたしにまかせたの。だから、こうなったのはわたしの責任だわ。誰かわたしと一緒にロバートを捜しに行ってくれる？」

「わたしが行くわ」意外なことにレイチェルが申し出た。「メイドにコーヒーをいれるように言って、レネ。それと医者にもう一度連絡するようにも伝えて。警察にも連絡したほうがいいのかしら？　どう思う？」

「マルはいやがると思う」レネは言った。「ジーンが無事に帰ってきたとき、警察がいたら厄介なだけですもの。それにジーンは薬を全部のんだとはかぎらないでしょう。みんなに心配してもらうために、のんだように見せかけて実はトイレに流したのかもしれないし」

「まあ、いずれにしても最悪の事態を想定したほうがいいわね。とにかくわたしはロバートを捜しに行くわ」レイチェルはレインコートをはおり、フェルト帽を目深にかぶると、外に出ていった。

グレンダはレネの勧めに折れて彼女の部屋に行き、濡れた服を脱いで部屋着に着替えた。レネはタオルを手渡しながらつぶやいた。「新婚生活をはじめたばかりなのに水を差されたわね」

「まあね」グレンダは言った。マルと新婚生活を送りたくないと思っていることは、レネに打ち明けるつもりはなかった……でもだからといって、マルの姉の命を犠牲にしてほしいなんて思わない。ジーンは本当にわたしが彼女とロバートを引き離そうとしていると思ったのだろうか？　グレンダは罪悪感に駆られながら尋ねた。「ジーンは前にも自殺しようとしたことがあるの？」

「いいえ。けれども彼女がギルがいなくては生きていけないと思いつめたんだったら、もしかすると本当に死ぬつもりなのかもしれないわね」

「狂言自殺の可能性もあると思っているの?」グレンダは髪にくしを通しながら、鏡台の鏡越しにレネを見つめた。

レネは鏡のなかのグレンダを見返した。「もう気がついているでしょうけれど、ジーンはロバートを溺愛《できあい》しているの。だから彼女がロバートを置いて死ぬとは思えないのよ。ロバートを文字どおりいつでも目の届くところに置いておこうとするのよ。それなのに今日、ロバートとあなたがふたりだけで過ごすのを許したなんて信じられないわ」

「本当はいやがっていたのよ」グレンダは窓辺に歩み寄り、外の暗闇を見つめた。「ジーンは突然書斎に入ってきて、わたしとロバートがトーストを食べているのを見つけたの。わたしその罰としてロバートを鞭で打つと脅したわ。ロバートは彼女の剣幕を怖がって、わたしにすがってきたの。そしたらジーンは泣きながら部屋を出ていったわ。だから彼女がこんなことをしたのは、わたしに責任があるように思えてならないの」

グレンダは窓から顔をそむけた。クリーム色のカーテンが彼女の赤い髪をいっそう色あざやかに見せている。けれどもその顔は蒼白で、目じりの少しつり上がった目だけが琥珀《こはく》色《いろ》に光っていた。

「ジーンには気をつけたほうがいいわ」レネは言った。「ジーンはロバートのことで口を出されるのを何よりもいやがるの。そのことでマルともけんかしたんだから。マルがもう少し自由にさせてやったほうがいいって意見したら、言い争いになったのよ。まったく、ロバートが成長したらいったいどんな大人になるのやら。ジーンの育て方では、決してギルのようにはなれないでしょうね」

「ジーンはロバートに何かよくないことが起こるんじゃないかって強迫観念にとりつかれているのよ」グレンダは下唇をかんだ。「彼女に必要なのはきちんとした治療を受けて不安を取りのぞくことだわ。マルだって彼女の態度が常軌を逸してるって気づいていたはずなのに」

「マルは彼女がどれほど苦しんだのか知っているから、傷口をさらに広げるような真似《まね》はしたくなかったのよ」レネは少しむっとしたような顔になった。「あなたはマルと結婚したのかもしれないけれど、彼のことをよく知らないのね？」

「わたしのせいじゃないわ」グレンダは声をとがらせた。「彼は結婚前に一度もわたしを訪ねてきてくれなかったのよ。結婚するのが当然だと思っていたんでしょうね。でもそれって傲慢《ごうまん》だと思わない？」

　レネは肩をすくめた。「さあ、それはわからないけれど。でもこの結婚はあなたにとっても都合がいいんでしょう。あなたのお母さんの遺産はすべてマルロー家に戻されることになっているんだから」

「みんな、わたしがお金目当てで結婚したと思っているのね！」グレンダは声を張りあげた。「彼にとってもこの結婚は都合がよかったのよ。わたしと結婚すればこの城を相続できるんだから。この結婚は彼にしてみれば願ったりかなったりだったのよ！」

「女なら誰でもマルと結婚できたら、願ったりかなったりだと思うわよ。わたしとレイチェルに本当によくしてくれるもの。たしかに彼はときどき傲慢な態度をとるけれど、やさしいだけの男なんて魅力ないわ。ねえ、あなた、あの金髪の将校さんとつき合っていたんじゃないの？　ほら、結婚式であなたのことをじっと見つめていたあの人よ。わたしは頭の堅いレイチェルとは違うから、話しても大丈夫よ。わたしはロマンチストなの」

「サイモンはとてもいい人よ」グレンダはあたりさわりのない返事をし、話題を変えた。「ねえ、下に行ってコーヒーを飲みながら待たない？」

返事を聞く前にグレンダはドアのほうに向かって歩き、レネの好奇心から逃れるように急いで階段を下りた。玄関の扉はいまだに大きく開かれており、そこから風と雨が吹きこんでいた。ホールには誰もおらず、甲冑《かっちゅう》をまとった騎士の像が所在なく立っている。葬式の参列者のようだ、とグレンダは思い、身震いした。

グレンダは部屋着の襟をかき合わせ、戸口に立って外を見やった。雨のまじった風に顔をたたかれ、体だけではなく、心まで凍りつくようだった。

「そんなとこに立っていたら、また体が冷えるわよ」レネが声をかけてきた。「さあ、こっちでコーヒーをいただきましょう」

「ちょっと待って」グレンダは振り返って肩越しに言った。「いま、懐中電灯の明かりが見えたわ。ジーンを見つけて戻ってきたのかもしれない」

レネが戸口に駆け寄ってきて、ふたり並んで外を見守った。林のなかで懐中電灯の明かりが揺れ、やがてマルと使用人が姿を現し、足早に庭を横切ってポーチの明かりが届くところまで歩いてきた。グレンダは思わず身震いした。マルがぐったりしたジーンを抱きかかえているのが見えたからだ。

レネはグレンダの手をぎゅっと握りしめた。「ああ、まさか!」

マルの傷のある顔はすっかり憔悴《しょうすい》しており、黒髪が雨にたたかれて頭に張りついていた。レイチェルが彼の後ろからロバートの手をしっかり握って歩いてくる。ロバートの顔は涙で濡れていた。

マルは玄関ホールに入ってくるなり言った。「誰かロバートの面倒をみてやってくれ」

「ジーンは――?」グレンダは消え入りそうな声で尋ねた。

マルはきびしい顔つきで答えた。「わからない。医者とは連絡がついたのか?」

「電話が通じないの。もう一度かけてみるわ」レネはそう言うと、小走りで電話の置かれたテーブルに行き、あわてて受話器を取った。レイチェルはロバートの手を離し、帽子を脱いで髪についた雨を払った。グレンダが両手を差し出して広げると、ロバートが飛びこんできて、震える体を押しつけてきた。

「もう大丈夫よ」グレンダは彼を抱きしめた。「わたしがあなたを部屋まで連れていってあげる。体を拭《ふ》いて温かい飲み物を飲みましょう。お医者様はもうじきいらっしゃるわ。だから心配しないで」

「かわいそうな、ママ」ロバートは目に涙をためてグレンダを見上げた。「マル叔父さんが人工呼吸をしたんだけど、ママは息をしてくれないの。叔父さんは何度もしたんだけど――」

「さあ、こっちにいらっしゃい」グレンダはロバートの手を引いて階段を上がっていった。玄関ホールにいてもジーンのためにしてやれることは何もないと思ったからだ。だらりと垂れさがった頭と血の気のない顔色から判断すると、ジーンの命はすでに尽きてしまったのかもしれない……。

階段の上でロバートは振り返り、マルが母親を書斎に運びこむのを不安げに見つめた。グレンダの胸は締めつけられた。ロバートは今晩のことを一生忘れないだろう。そして彼の母親が自殺しようとして森へ駆けていく姿を思うたびに、自分の責任だと感じずにはいられなくなるのだ。

ロバートはすがるようにグレンダを見つめる。「ぼくは今日の午後、ママとお茶を飲まなかった。だからママはあんなことをしたの？」

「違うわ」グレンダは彼の肩に手をまわし、部屋のほうに連れていった。「責任は自分にあるなんて思ったらだめよ。あなたのお母さんはお父さんが亡くなってからずっと孤独で、悲しんでいたわ。不幸な境遇にいると、つい後悔してしまうようなことを口走ってしまうものなの。お母さんがあなたに言ったことは本気で言ったわけじゃないわ。だからあなたは自分を責めたらだめよ、わかった？」

ロバートは青白い顔でうなずいた。部屋に入ると、体をタオルで拭き、ベッドに入った。グレンダは彼が涙を舌でぬぐっているのに気づいた。

「これで大丈夫、ロビー？」グレンダはそう言いながらメイドが部屋まで運んできた夕食をのせたトレイをテーブルに置いた。

「うん、ありがとう、グレンダ」

「さあ、夕食にしましょう。半熟卵とトーストくらいは食べたほうがいいわ。トーストをちぎってあげるわね。そしたら卵をつけて食べられるでしょう」

「そんなことをするのは小さな子供だけだって、ママが言ってたよ」

「いいのよ、わたしたちはみんな小さな子供に戻りたいときがあるんだから」グレンダはパンを手でちぎった。「少なくともわたしはそうよ。とりわけ悲しいときはね」

「あなたのママが亡くなったとき、悲しかった？」ロバートは卵の殻をスプーンでたたきながら尋ねた。「いっぱい泣いた？」

「とても悲しかったわ。でもわたしのお母さんは重い病気にかかって苦しんでいたから、亡くなったときにようやく痛みから解放されたようにも思えたわ。とてもおだやかな顔で息を引き取ったの。死は決して悪いものではないのよ、ロビー。家に帰るようなものですもの。わたしたちはみんな、いずれは天国という家に旅立つのよ」

「天国はきっと人がたくさんいるんだろうね」ロバートはパンを卵の黄身につけた。「人であふれ返らないの？」

「心だけが天国に行くの。人によってはそれを魂とも呼ぶわ。魂だけが永遠の世界に旅立ち、わたしたちの愛した人の魂と再会するの」

「本当に？」ロバートはグレンダをひたと見つめた。

「わたしは自分が信じていないことを話したりはしないわ。その卵、とても美味しそうね」

ロバートはうなずいた。しかし夕食を食べているあいだじゅう、隣にある母親の寝室のドアをちらちら見ていた。ああ、そうだ、とグレンダは気づいた。この子を今晩、母親の隣の部屋でひとりぼっちで寝かせるわけにはいかないわ。

「ねえ、今晩はエトワール塔のわたしの部屋で寝ない？」グレンダは急に思いついたようにさりげなく言った。「塔で寝るのもなかなか居心地いいわよ」

「マル叔父さんが許してくれるかな？」ロバートはマグカップの縁越しにグレンダを見や

った。その目は塔に連れていってくれと懇願している。

「もちろん許してくれるわよ。さあ、歯ブラシと着替えを持って行きましょう」

ロバートはうなずき、ベッドから出ると、ガウンをはおってスリッパをはいた。身支度が整うと、ふたりは部屋を出てふたたび階段を下りていった。玄関ホールにはレイチェルがいた。模様が彫られた椅子に座って煙草《たばこ》をふかしている。グレンダが問いかけるような目で見ると、レイチェルは暗い顔で肩をすくめた。

「今晩、ロバートを塔で寝かせようと思って」

「それがいいわ」レイチェルの口から煙が流れた。「医者がやっと来たんだけど、すぐに救急車を手配したわ。ジーンはショック状態にあって、生命維持装置をつけなくてはならないの。ありがたいことに、この町の小さな診療所にも生命維持装置があるのよ。マルが寄付したお金で買ったの。皮肉なものね」

「ママは――死ぬの？」ロバートは小さな体を震わせてグレンダにしがみついた。

「彼女は重い病気にかかっているの。でも早くよくなるように、できることはすべてやっているわ」グレンダは安心させるように言った。

ちょうどそのとき、マルが書斎から出てきて、ふたりのほうに歩いてきた。グレンダは身を硬くして小さな声で言った。「こんなことになって残念だわ、マル」

「ジーンにこんなことをする権利はないんだ」

マルは甥《おい》を抱き上げて唇を小さな頬にすり寄せた。それからグレンダに目を向けた。疲れきった顔のなかで火傷《やけど》の跡が残酷なまでにくっきりと浮かび上がっている。

「きみがロバートの面倒をみてくれたのか？」

「ええ。ねえ、マル、ロバートを今晩、わたしの部屋で寝かせたほうがいいと思うんだけど」

「そうだな」

マルはロバートを抱きしめた。ロバートはさっきまでジーンがぐったりともたれかかっていた広い肩に顔を押しつけている。

「ぼくはジーンにつき添って診療所に行く。彼女の病状はこれから数時間が山なんだ。まったく、どうしてこんなことをしたんだろう？　できるだけ居心地よく暮らせるようにしてやったつもりなのに」

「あなたが結婚したから、事情が変わったと思いこんでしまったのかもしれないわ」レイチェルが唐突に口を挟んだ。

マルは首をめぐらせてレイチェルを見た。「結婚したからといって、事情が変わるはずがないじゃないか。どうしてそんなふうに思うんだ？」

「妻は普通、夫と家は自分だけのものであってほしいと思うものよ。わたしだって問題ばかり引き起こす厄介な親戚《しんせき》と夫を分かち合いたいとは思わないもの。とりわけ、結婚したばかりの若い妻にしてみれば、そんな親戚は面倒の種でしかないわ」

「レイチェル、そんなふうに言うと、ぼくとグレンダが大恋愛の末に結婚して、ふたりだけでいたくてうずうずしているみたいじゃないか」

「あなたにそんな気はないかもしれないけれど、グレンダはまだ若いし、結婚に夢を抱いている。そんな彼女が、病気の叔母と不幸な姉と財産のないいとこたちと一緒に暮らさなきゃならないのよ」

「ばかなことを言わないでくれ」マルは冷ややかに言った。「みんなが知ってのとおり、ぼくたちが結婚したのは、それが双方の利益になるからだ。ぼくとグレンダは互いに妙な幻想など抱いていない、そうだろう、グレンダ?」

マルはそう言うと、動揺の浮かんだグレンダの顔にすばやく視線を向けた。

グレンダは彼のあからさまな言葉に傷ついていた。レイチェルの目の前で彼に頬を打たれたように感じていた。けれども彼にとってそれが当然のことなのだ。女性を傷つけないように、うわべだけでも礼儀正しくするなんて、傲慢なマルには思いもよらないことなのだろう。レイチェルは勝ち誇ったような顔をしている。この結婚に特別な意味はないとマルにはっきり言わせたのだからすっかり満足しているのだろう。

「幻想なんか抱いていないわ」グレンダは精一杯冷ややかな声で言った。「ロバートがうとうとしているわ、マル。わたしが連れていくわ」

「いや、ぼくが連れていくよ、きみも一緒に来て」

雨はすでに上がっていたが、石の歩廊と階段をときおり強い風が吹き抜けていった。マルとグレンダは螺旋《らせん》階段を上がり、世のなかから切り離されたような部屋へと向かった。

グレンダは寝室の前で立ち止まったが、マルはなかに入っていって、大きな四柱ベッドにロバートを寝かせ、上からカバーをかけてやった。

「ガウンを脱がせたほうがいいわ」

マルはうなずき、半分眠っているロバートを起こさないように慎重に脱がしにかかった。ロバートはこのまま明日の朝まで眠ってしまうだろう。

「かわいそうに、すっかりくたびれた顔をしている」マルはベッドの脇《わき》に立って甥を見下ろした。「この子は家で待ってたほうがよかったんだ！」

「止めようとしたのよ。でもわたしの手を振りほどいて行ってしまったの。ごめんなさい」

「まあ、ひと晩ぐっすり眠れば、母親を捜して森のなかを歩きまわったことも、少しは忘れられるかもしれない」マルはそう言うと、ロバートに向かってささやいた。「おやすみ、ロバート」

ロバートのまぶたがぴくりと震えて開いた。「ママはよくなるの？」

「何事も神の思し召《おぼめ》しだ。だから、お母さんのために祈るんだよ」

ロバートは眠たそうに祈りの言葉を唱えると、まぶたを再び閉じ、小さな声で言った。

「おやすみなさい、グレンダ」

「ぐっすり眠るのよ」グレンダがそう言って頬にキスすると、ロバートの閉じた目からひと筋の涙が伝い落ちた。彼女は胸のふさがれる思いでマルとともに寝室を出て、居間に向かった。

グレンダは椅子に腰を下ろし、ぐったりと身を沈めた。ランプの明かりに映し出された彼女の顔にも、疲労の色が浮かんでいる。マルはそんな彼女をじっと見ていたが、やがてこう言った。「ぼくたちにはコニャックが必要だな。救急車が到着したら、サイレンの音でわかるだろう」

「かわいそうなお姉さん」グレンダはつぶやいた。マルはコニャックをグラスにつぎ、グレンダに手渡した。

「いずれこんなことをするかもしれないと気づくべきだった。でもぼくは現実を直視したくなかった」彼はコニャックをぐいとあおった。「ぼくたちの結婚は幸先《さいさき》のよいスタートを切ったとは言えないな、そうだろう?」

「ええ、そうね」彼女は両手でグラスを握った。コニャックの強い香りが立ちこめ、頭がかすかにくらくらする。

「ぼくがレイチェルに言ったことが気に入らなかったようだね」彼は目を細めて彼女を見

た。

「反論するつもりはないわ、マル。わたしたちはそれぞれ最悪の理由で結婚したんですもの。だからわたしはできるだけ早くここを出ていったほうが――」

「救急車が来たようだ！」マルはコニャックを飲み干した。「きみはここにいてロバートから目を離さないようにしてくれ。ぼくは診療所に行って、ジーンが回復するまでつき添うつもりだ」

「マル」グレンダは立ち上がった。「彼女が一日も早くよくなるように祈っているわ」

彼はそっけなくうなずくと部屋から出ていった。ドアが音をたてて閉まると、グレンダはため息をついてふたたび椅子に腰を下ろした。彼女にできるのはここでジーンの息子の面倒をみることだけだ。グレンダはグラスをテーブルの上に置くと、椅子の背もたれに寄りかかり、深々とため息をついた。救急車のサイレンの音にかき消されたので、できるだけ早くここを出ていきたいと言ったことは、マルには聞こえていなかったのだろう。

いずれにしても、いま、この城を出ていくのはあまりに身勝手だ。ロバートの面倒をみなくてはならない。ロバートはわたしを信頼してくれている。いまは大人の事情よりも、ロバートの信頼を裏切らないことのほうが大切だ。

グレンダはそう思うと、ロバートが救急車のサイレンの音で起きてしまったかもしれないと心配になり、様子を見に行った。

今晩の不幸な出来事にすっかり疲れたのか、ロバートはすやすや眠っていた。グレンダはランプの明かりを消さなかった。夜中に起きたときに、真っ暗で知らない部屋にいたら、ロバートが怖がるだろうと思ったからだ。

グレンダは窓辺に歩み寄ってカーテンを引き、椅子に腰を下ろした。明かりの灯《とも》る城の母屋をぼんやり見つめる。彼女の思いはいつしかイギリスへ、背の高い凛々《りり》しい将校サイモン・ブレイクへと飛んでいた。彼はチェルシーの兵舎にいるのだろうか？　それとも休暇を取り、家のあるヨークシャーのヒースの丘でわたしのことを考えてくれているだろうか？　もしサイモンが本当にわたしを愛しているなら、夫の腕に抱かれているわたしの姿を想像して、さぞかし胸を痛めているだろう。

グレンダは激しく脈を打つ喉もとを手で押さえた。これほどサイモンを恋しく思ったことはない。彼の力強い腕にぎゅっと抱きしめられて、ふたりが一緒になれる方法を探そうと言ってほしかった。けれどもサイモンはマルのように自分のほしいものは容赦なく手に入れる強い意志を持っているようには思えなかった。彼女の心は沈んだ。

マルに会うたびに、有無を言わさずに人を従わせる彼の力を意識せずにはいられない。お願いよ、サイモン、と彼女は心のなかで叫んだ。マルの前に立ちはだかって顔をまっすぐ見据え、祖父の遺言に従うためだけに結婚したような男に、わたしを渡すわけにはいかないと言って……。

わたしと結婚したおかげで、マルはこの城と製鉄会社を手に入れた。もうひとりの孫のマシューも役員に名前を連ねているが、会社を支配しているのはマルなのだ。

ああ、サイモン……。どうしてあなたは教会で黙って式を見ていたの？　そう、わたしは祈っていたわ。あなたが邪魔者を押しやって、わたしをさらってくれますように、と。ずっと待っていたのに、気づくと式は終わり、マルとともに結婚証書に署名するために通路を歩いていた。サイモンではなくて、マルの腕に手をかけて。

彼女は窓の外の暗闇を見つめた。胸壁に止まっていた鳥が、石壁に爪を食いこませてキーキー鳴いている。背後で寝ていたロバートが寝言で何かつぶやいた。グレンダはベッドの脇まで歩いていって、ロバートの端整な横顔を見つめた。

この年ごろの子供は大人に頼りきっていて、愛されることを何よりも願っている。そう、愛され、守られていることを実感できるように、抱きしめられたいとどれだけ願っていることか。

グレンダは九年前に、抱きしめられたりキスされたりすることがほとんどなかった施設から逃れることができた。

やさしく温かな手がグレンダを施設の外に連れ出し、びっくりして口もきけなくなるような高級車のなかへと導いたのだ。あの同じ華奢《きやしや》な手が、グレンダをここノワール城へも導いた……呪《のろ》いがかけられているといわれるこの城へ。

胸壁にいた鳥がふたたび不安をあおるような耳障りな鳴き声をあげた。グレンダは窓に目を向け、はっとした。窓ガラスに映る自分がこちらを見返している。

その顔は書斎に飾られていた絵の女性にそっくりだった。透き通るような白い肌に燃えるような赤い髪。目は不安げに大きく見開かれている。

今日は災難続きの一日だった。そのせいで想像力がたくましくなっているのかもしれない。それでもこんな日の終わりには、赤々と燃える炎と黒い煙のなかで死んでいった娘が、この城に呪いをかけたという伝説が嘘《うそ》ではないように思えてしまう。

昼間は絵のように美しいが、夜になると、漆黒の闇が森から這《は》い出してきて、窓の外に迫ってくるような恐ろしげなこの城に。

7

一週間以上経《た》っても、マルの姉は昏睡《こんすい》状態が続いていた。マルは彼女が生きる気力を取り戻してくれることを信じて、診療所でずっとつき添っていた。その間、毎日レイチェルが彼の着替えを持っていき、ジーンの病状を聞いてきて家の者に報告した。

ロバートの面倒はグレンダがつきっきりでみていた。彼がふさぎこまないように、散歩に連れ出したり、本を読み聞かせたりして、かいがいしく世話を焼いていた。ロバートはことあるごとに母親に会いたいとグレンダに訴えた。しかしマルが許さなかった。人工呼吸器につながれた母親の姿を見たら、ロバートがおびえるだろうというのがその理由だ。

しかしある朝、ロバートはレイチェルの車の後部座席にこっそり忍びこんだ。けれどもくしゃみをしたのでレイチェルに気づかれ、車から引きずり降ろされるように出された。その場に駆けつけたグレンダは、午前中いっぱいかけて彼をなだめなくてはならなかった。

「どうしてぼくは行っちゃいけないの?」ロバートは泣きじゃくりながら言った。「ママに会いたいんだ。グレンダなんかきらいだ。ママのところに連れていってくれないんだから！」

「具合がよくなったら会いに行けるわ。お母さんはずっと眠っているの。病気のときは睡眠を取るのがいちばんなのよ」

「ママが起きたときにぼくに会いたいって言ったらどうするの？　ぼくはそばにいないんだよ」ロバートは言い張った。グレンダは彼がどれだけ母親に会いたがっているのかを知って、心が痛んだ。エディスが息を引き取る前の晩のことを思い出さずにいられない。グレンダもまた病室でつき添うと言い張ったのだ。サイモンでさえ彼女をエディスの枕《まくら》もとから引き離すことはできなかった。もうじき別れのときがくるような予感がしてならなかったからだ。

そんなある日の午後、ロバートはふたたび母親に会いたいと言い出し、癇癪《かんしやく》を起こした。グレンダは母親がどれほど重篤な状態にあろうと、これ以上息子を会わせないでおくのはむしろ残酷だと思った。彼女はすぐに運転手に車を出すように言い、そしてロバートにこれから診療所に連れていくが、母親は集中治療を受けているので、具合が悪そうに見えるかもしれないとあらかじめ警告した。

「叔父さんはきっと、わたしにものすごく腹を立てるわ」グレンダは心の内の不安が顔に出ないようにして言った。「だからおとなしくしているのよ。お母さんの顔をちらっと見たら、またすぐに家に帰ってきますからね、わかったわね？」

「どうして叔父さんはあなたに腹を立てるの？」

グレンダはロバートのネクタイの位置を直し、髪を撫《な》でつけた。「叔父さんはね、命令にそむかれるのがきらいなの」

ロバートは戸惑った顔になった。「でもあなたは叔父さんの奥さんなんだから、叔父さんだって怒らないと思うけれど」

「残念ながら、それは違うと思うわ」グレンダは苦笑いを浮かべながら思った。きっとロバートの両親は深く愛し合っていて、息子の前でもそれを隠そうとしなかったのだろう。ロバートにとって、夫は妻を大切にし、妻は夫を頼って従うのが当たり前なのだ。たしかにそんなふうに愛にすべてを捧《ささ》げてしまう人もいる。しかしグレンダはその人がいなければ生きていても仕方ないと自暴自棄になるほど、誰かを愛することがいいとは思えなかった。

サイモンを愛してはいたが、無条件に愛しているわけではない。ポロの競技場で活躍している彼に声援を送るのは楽しかったし、遠乗りにふたりで出かけ、たわいもないことで顔を見合わせて笑うのは心がはずんだ。グレンダは愛とはそういうなごやかなつき合いのなかで育つものだと信じている。激情に身をまかせてしまったら、相手を失ったときに、絶望の淵《ふち》に引きずりこまれてしまう。ジーンのように……。

グレンダとロバートは外で待っていた車に乗りこんだ。車は昼の日差しが降り注ぐロワール渓谷の風光明媚《ふうこうめいび》な風景のなかを走っていった。そよ風にのって木蓮《もくれん》と花梨《かりん》の芳香が漂ってくる。

こんなに気持ちのいい日に、生死の境をさまよう母親に会わせるために、幼い息子を病院に連れていかなくてはならないなんて……。グレンダは悲しかった。ロバートは行儀よく座り、窓の外をじっと見つめている。車は丸石が敷きつめられた村の通りに差しかかった。女性が家の軒先に出て、ウエディングベールのレース飾りを編んでいる。

グレンダはその姿にすっかり魅了された。なんてのどかな田園風景だろう。バートン・ル・クロスとはまったく違う。夫の故郷の城には銀色に輝く城壁と小さな塔があり……。夫……。グレンダはその言葉を意識し、緊張に胸が締めつけられた。

診療所の門が見えてくると、ロバートは彼女の手をぎゅっと握った。その顔は青白く、目は不安げに見開かれている。もう着いてしまったのだから、後悔してもはじまらない、とグレンダは自分に言い聞かせた。「すぐに戻ってきます」彼女は運転手にそう声をかけると、ロバートとともに外に出て、診療所の建物のなかに入っていった。

正面にガラスで仕切られた事務室があったので、ドアをノックしてから開け、なかにいた女性にジーンに会いに来たことを告げた。すると女性はロバートに同情するような目を向け、集中治療室に電話をかけるので椅子に座って待っているように勧めた。

女性が電話をかけているあいだ、グレンダは身を硬くしていた。不安でいっぱいだった。

マルはかんかんに怒ってここにやってくるだろう。あるいは目の前の女性からジーンは危篤状態に陥ったと告げられるかもしれない。

数分後に部屋のドアが開いたとき、グレンダはマルが来たのではないかと思い、びくりとした。しかし来たのは病院の用務員だった。

「マダム・デアスですね？」

「ええ」

「どうぞついてきてください」

「マダム・タルボットの子供も連れていっていいですか？」

「ええ、もちろん」

「メルシー」彼女はロバートの手を握り、用務員のあとから、階段を上がり、曲がりくねった長い廊下を歩いていった。グレンダの胸は早鐘を打ち、ロバートもしがみつくように彼女の手を握りしめている。ロバートがジーンに会うのを許されたのは、いい兆候なのだろうか、それとも悪い兆候なのだろうか？　わたしたちがここに来て、ジーンに会おうとしていることを、マルは知っているのだろうか？

用務員は両開きのドアの前で立ち止まった。そして片側のドアを押して、グレンダとロバートをなかに通した。そこはそれぞれのベッドがカーテンでしか仕切られていなかった。こうしておけばベッドが動かしやすいからなのだろう。カーテンの後ろから誰かのうめき声が聞こえてくる。

グレンダの手を握るロバートの手に力がこもった。グレンダは激しい後悔に襲われた。大半の患者がすでに亡くなったように見えるところに、ロバートを連れてくるべきではなかった。

用務員は足を止め、カーテンを開けた。そこにはベッドに横たわるジーンと……。グレンダの目はすぐにベッドの脇《わき》に立つマルに釘《くぎ》づけになった。彼は相手を威圧するように立ちつくし、彫刻のような顔にきびしい表情を浮かべている。グレンダは氷で体の芯《しん》を撫でられたようにぞくりと震えた。ようやく目を合わせると、黒い眉の下の目が鋼のように冷たく光った。

「お願い、わかって」グレンダの声はかすれていた。「これ以上ロバートを母親に会わせなかったら、病気になってしまうと思ったの」

「それできみはぼくの命令にそむいたわけか？」

「仕方なかったのよ」彼女はマルから顔をそむけ、ロバートを見やった。彼は身じろぎひとつしない母親をじっと見つめている。ジーンの鼻の穴にはチューブが差しこまれ、ベッドの脇のスタンドにつるされた点滴が、透明な液体を彼女の腕の静脈に送りこんでいた。

「見てのとおり」マルが言った。「ジーンは昨日の晩に生命維持装置をはずされた。だがそのことは誰にも話さなかった。希望を持つのにはまだ早いと思ったからだ。けれどもちょうど一時間前に医者は危機を脱したと請け合ってくれた」

「それはつまり――？」

マルは顔を傾けた。「ジーンは昨晩、目を覚まし、ぼくが誰だかわかったんだ。また目を覚ますかもしれない。さあ、ロバート、お母さんのそばに来て、ここにいることを教えてあげなさい」

ロバートはグレンダの手を離し、そろそろとベッドに近寄っていった。「ママ？」そう言うと、さらにもう一歩ベッドに近づいた。母親がそれでも起きないと、問いかけるような目で叔父を見た。

「手を握ってあげなさい」マルは小さな声で言った。

ロバートは慎重に母親のか細い手を握った。それでもジーンはなんの反応も示さない。グレンダは喉もとに手を置き、息を殺してロバートを見守った。ジーンが息子が来ていることに気づきますように、とひたすら祈っていた。

ちらりとマルを見たが、彼は姉と甥《おい》をじっと見つめている。傷のないほうの横顔を彼女に向けていたが、褐色の肌には皺《しわ》が刻まれ、疲労が色濃くにじみ出ていた。彼はジーンのことをこんなにも心配している。いつも冷たい顔をしているからといって、心まで冷えきっているわけではないのだ。そう思ったとたん、グレンダの喉もとの血管が激しく打った。自分でも気づかないうちにグレンダは声を出していたのかもしれない。マルが首をめぐらせ、心の底まで見透かすような目で彼女を見た。

「きみは本当に魔法が使えるみたいだな」

「どういう意味？」彼女は小さな声でき返した。

マルはいかにもフランス人らしい大きなしぐさでロバートを指さした。「きみがこの子をここに連れてきたんだろう？　ジーンがよくなったのがわかったのかい？」

「わたしは――」いや、やはり言わないほうがいい、と彼女は思った。ジーンが息を引き取る前に、ロバートにも最後に別れを告げる機会を与えるべきだと思ったからだとは。

「彼には会う権利があると思ったの」

「母親と引き離したぼくの判断は間違っていると思っているんだな？」

グレンダはうなずき、目をそらした。「ロバートは母親に会えなくていらだっていたわ。だったら会わせてあげたほうが苦しまなくてすむと思ったの。彼の気持ちはよくわかるの。わたしも母のエディスを愛していたから」

「ああ、なるほど、エディスをね」

グレンダは彼の声のトーンが変わったことに気づき、違和感を覚えた。が、次の瞬間、ジーンが目をぱちりと開けた。ロバートはうれしそうに叫んだ。「ママ、ママ、よくなったんだね！」

ジーンは黒ずんだ皮膚に縁取られた目で息子を見つめ、声にならない声で名前を呼んだ。

グレンダはふいに自分が邪魔者のような気がしてきた。涙がこみ上げてくるのを感じながら、彼女は集中治療室から出て、廊下の椅子に腰を下ろした。神様、ジーンを助けてくださってありがとうございます、グレンダは心のなかでつぶやいた。ジーンもまだ若いのだから、いつの日か悲しみを克服して、夫をなくした事実を冷静に受け止められるかもしれない。

看護師が集中治療室に入っていくと、それと入れ替わるように、目を輝かせたロバートとマルが廊下に出てきた。

「よかったわね――」グレンダが前に進み出ると、ロバートが両手を広げて彼女に抱きついてきた。

「明日もママに会いに来るんだ。ママはもっと居心地のいい個室に移るんだって。それにね、マル叔父さんがお花をたくさん持ってきてくれるんだ。グレンダ、ぼく、うれしくてたまらないよ！」

「本当によかったわね、ロビー」彼女はマルに顔を向けた。「あなたもこの一週間大変だったわね。いまにも死んでしまいそうなほど疲れた顔をしているわ」

「まさにそんな気分だよ」マルはくしゃくしゃになった黒い髪を撫でつけながら、思案するような顔で彼女を見返した。彼がどんな一週間を過ごしたのか、なぜ彼女が気にかけているのだろうと言いたげに。グレンダの言葉をただの社交辞令だろうと思っているのだろう。彼女はそうでないと言いたかった。愛する人の枕もとで、死が訪れませんようにと奇跡を祈る気持ちはわたしにもわかる、と。

「くたくたに疲れたよ。それに腹もすいた」マルは言った。「どこかに昼食を食べに行かないか」

三人は地元のレストランに向かい、素朴な庭に設けられた席に腰を落ち着けた。マルはワインを注文し、ウエイターに命じてグレンダのグラスにつがせ、ロバートのグラスにも半分ほどつがせた。「ご褒美だ。きみもがんばったからな」

グレンダはすかさず何か食べるものも注文したほうがいいと言った。「酔っぱらったら困るでしょう」

マルはほほ笑み、ワインの香りを楽しみながら、パンを添えたうずらのパテが美味《おい》しいと勧めた。それから籐《とう》の椅子の背もたれによりかかり、ワインをゆっくりと味わった。

「今晩は家のベッドで居心地よく過ごせそうでうれしいよ」マルは言った。「診療所でもベッドを貸してくれたけど、ぼくの身長では小さすぎて、お世辞にも快適だとは言えなかったからね」

グレンダはワイングラスの柄をそわそわと指でなぞった。脅かされているのだとは思わないことにした。マルは居心地よく過ごしたいと思っても、妻に温かく迎えられるはずがないことはわかっている。グレンダは妻であるが、彼を夫として認めていないのだから。

それでもマルは彼女の心なんか気にせずに、自分のしたいようにするつもりなのだろう。

グレンダは動揺を隠してパンにパテを塗った。ロバートは叔父にひっきりなしに話しかけている。よそのテーブルから見たら、三人は幸せな家族に見えるのだろう。しかしグレンダは目まぐるしく頭を働かせてどうやって出ていくことを切り出そうか考えていた。マルが診療所に泊まりこんでいるあいだに、城を出ていけばよかったのだ。しかしロバートのことが気がかりで、そんなことはできなかった。

マルもそのことには気づいているに違いない。彼女が城にとどまったのは、ロバートが何よりも必要としていた慰めと安心感を与えるためだ、と。それに気づかないほど、彼は鈍感ではない。マルも人並みのやさしさを持っていることを証明したのだから、彼女がこの結婚は続けられないと言ったら、わかってくれるのではないだろうか？

グレンダとロバートは、ポテトとにんじんを添えたあひるの胸肉のローストを、マルはブランデーで香りづけした鹿《しか》の蒸し焼きを注文した。デザートには三人ともラズベリーにクリームをのせたものを食べ、それからコーヒーを飲んだ。ロバートのコーヒーにはクリームがたっぷり入っていた。

ロバートはこの一週間ほとんど食事をとらなかった。しかし母親が危機を乗り越えたとわかったいま、料理を全部たいらげてから、テーブルを離れて眠たそうにりんごの木の下に座りこんだ。

「親身になって甥の面倒をみてくれてありがとう。心から感謝している」マルは細い葉巻を口にくわえて火をつけ、煙越しにグレンダを見やった。

「お役に立ててうれしいわ」テーブルにふたりだけになったいま、彼女の神経は張りつめていた。しかし不安な気持ちを悟られたくはなかった。彼はいつだってわたしを取るに足りない小さな存在のような気にさせる。彼女の体のなかを怒りが駆け抜けた。マルだってただの男だわ。わたしが彼のもとを去ったとしても、わたしを殺すような力までは持っていないはずよ。

「この一週間は家族の誰にとっても大変だった」マルは言った。「とんだ新婚生活のはじまりだな」

体がかっと熱くなるのがグレンダにはわかった。「わたしたちは話し合う必要が――」

「そうだな、グレンダ」彼はやさしい声で言ったが、皮肉めいたまなざしがそれは見せかけであることを物語っていた。「ぼくたちはこの一週間ほとんど顔を合わせなかったから、いまも他人同然だ、そうだろう？　きみはまだぼくを夫として認め、服従しようとしていない。だからぼくたちは知り合ったばかりのようなぎこちない関係だ」

「マル――」彼女は言葉を続けようとしたが、紫煙の向こうに見える目がぞっとするほど冷たく、思わず口をつぐんだ。

「何を言いかけたんだい？」彼は灰を地面に落とし、ふたたび射るような目で彼女を見据えた。

「ジーンが回復に向かって、ほっとしたでしょう」

「彼女を失ってしまうかと思ったよ」

「あなたの意志が彼女をこの世界に呼び戻したんだと思うわ」

「ぼくは強い意志の持ち主だからね」彼はグレンダのシルクのシャツから淡い黄色のスカートへと視線を下ろした。それからグレンダがそわそわと引っ張っている首もとの細い金色の鎖に目をやった。「そんなに強く引っ張ったら、鎖がはずれてしまうぞ。どうしてそんなに不安そうにしているんだ？　ぼくがきみをそんな気持ちにさせているのかな？」

「わたしはこれ以上、あなたと一緒にいられないわ、マル」グレンダは勇気を振り絞って言った。「あ、あなたはほしいものを全部手に入れたでしょう」

「きみは望みのものを手に入れてないのかい？」

彼女は乾いた唇を舌でなぞった。「お願いだから、少しは寛大になって」

「マルロー家が何年にもわたって、エディス・ハートウェルに寛大だったようにかい？」

グレンダの胸の鼓動は不安でいっきに速まった。マルの声が危険な響きを帯びていたからだ。彼は何を知り、何を疑っているのだろう？

「ジーンは死ぬつもりで、遺書を書いていた。そのことは誰にも話していない。遺書にはぼくへのメッセージもあった。なんて書いてあったか知りたいかい？」

グレンダは押し黙って彼を見つめることしかできなかった。けれども、自分のことが書かれていたのだと直感が告げていた。

「ジーンはぼくにこう書いたんだ。きみが何者なのかきくようにとね」

グレンダは心臓がすっと落ちたような気がし、吐き気がこみ上げてきた。「ど、どうして彼女はそんなことを書いたのかしら――」

「きみからその理由を話してくれ、グレンダ。それは本当にきみの名前なのか?」

「わたしの名前よ!」

「信じられないね」彼は小刻みに揺れるまつげの奥のグレンダの目をじっと見つめた。「祖父の客としてこのノワール城にやってきた少女は、緑色の目をしていたとジーンが教えてくれた。近ごろでは髪を染めたり、整形手術を受けたり、カラーコンタクトレンズをすれば、まったく違う人間になれる。髪の色を変えたのに、緑のコンタクトレンズをつけるのを忘れるなんて、手落ちもいいところだな」

「よくもそんなことが言えるわね!」グレンダはかっとなった。「この髪の色は生まれつきよ!」

「でもきみはエディス・ハートウェルの娘ではないんだろう? いいかい、本当のことを話してくれ。緑色の目が琥珀色《こはくいろ》に変わるなんていうたわごとを信じるほど、ぼくはばかではないからな。きみはいったい何者なんだ?」彼は脅すように目を光らせ、身を乗り出した。「きみはどこから来たんだ？　本物のグレンダ・ハートウェルはどこに行ったんだ？」

「こうなることは――」グレンダは力なく首を振った。「わかっていたわ。遅かれ早かれ、結婚式の日までわたしがあなたと会ったこともなければ、この城に来たこともないことに誰かが気づくと。でも――」

「きみが何者なのか、さっさと話すんだ！」彼の言葉は鋭いナイフのように彼女の心をえぐった。「きみも金のためならなんでもするのか？　マルロー家から金を巻き上げるために、あの女と手を組んだのか？」

「母のことをあの女なんて呼ばないで！」

「だったら彼女と呼ばせてもらうよ。名前を呼ぶ気にはなれないからな」彼は辛辣《しんらつ》な口調で言った。「娘がぼくの妻になるのを条件に、祖父が彼女に気前よく金を渡していたことは、きみも知っているはずだ。さあ、本物の娘はどうなったのか話してくれ」

「九年前に亡くなったわ」

マルは息を吸いこみ、それから怒ったように煙を荒々しく吐き出した。「なぜ死んだんだ？」

「エディスと船旅に出かけて、心臓発作を起こして亡くなったのよ」グレンダは、マルの冷ややかな顔を見ながら、できるだけ落ち着いた声で言った。「エディスは彼女をマルタ島に埋葬したわ。お願いだから、わかってあげて――」

「何をだ？」

「エディスは贅沢《ぜいたく》な暮らしに慣れていたわ。けれども援助してくれる人はあなたのお祖父《じい》様しかいなかった。娘があなたと結婚するという条件で。援助がなければ、彼女は明日の暮らしもままならなくなっていたでしょう。彼女はお金を貯《た》めておけるような人ではなかったのよ」

「きみはこのたくらみにどこから加わったんだ？」

「エディスは孤児院からわたしを引き取って養女にしたの。その日から本当によくかわいがってくれた。わたしにとっては本当の母のような――」

「なんて感動的な話なんだ」

グレンダは彼の皮肉めいた口調に耐えられなくなり、両手で顔を覆った。「わたしは子供だったの。エディスが何を考えているのかなんてわからなかったわ。嘘《うそ》をついていると打ち明けられたとき、わたしは彼女のことを深く愛するようになっていて、責めることなんかできなかった。それにエディスは死の間際まで九年間もマルロー家をだましていたことを知られないように、あなたと結婚してくれとわたしに懇願したのよ」

「つまり、きみもこの悪事の片棒を担いだと認めるわけだな」

「そう認めるしかないわね」グレンダは彼のきびしく冷ややかなまなざしにさらされて、いたたまれない思いだった。「こんなことを言ってもいいわけにしかならないけれど、あなただって愛情を注いでくれる両親のいない孤児院で育ったら、そこから助け出してくれた人に深く感謝するようになるわ。エディスは本当にわたしによくしてくれた」

「彼女にはそうできるだけの金があったからな。そうか、きみは彼女の娘に似ていたから選ばれたんだな。年も同じだし、赤褐色の髪も同じだ。目の色に関してはなんとかなると考えたわけか。まったく、きみたちふたりは図太い神経の持ち主だな！」

「わたしはお金目当てで結婚したんじゃないわ」グレンダはどうにかわかってもらおうとした。「でも……こうするしかなかったのよ」

「はしかにかかるみたいに避けられなかった、と？」マルはこばかにするように言った。

彼女の頬はかっと熱くなった。「あなたにわかってもらおうとは思っていないわ。あなたの心は鉄でできているんですものね！」

「きみはぼくのことを簡単にだませると思っていたんだろう。さぞかし、ショックだっただろうな。ぼくに会って、その透き通るような肌と赤い髪だけではぼくを言いなりにできないとわかったときには」マルは首を振った。それから彼女の行動に見合った女ぎつねのような顔をしているのではないかと探るように、グレンダの顔をじろじろ見た。「きみはあつかましくもブレイクを愛していることを告白した。それなのにのこのこ教会にやってきて、ぼくと結婚したなんて、どういうつもりだ？」

「言ったでしょう。わたしはエディスのために結婚したのよ」

「おやおや、誰もそこまで自分を犠牲にできないさ！」

「どれだけ皮肉を言えば気がすむの？」グレンダの目の奥がふいに涙でちくちくした。だめよ、彼の前で泣くわけにはいかないわ。わたしを打ちのめしたという優越感を与えてたまるものですか。それにわたしを一方的に非難している彼こそいったい何者なの？ わたしと結婚したのは、城を手に入れるための手段にすぎなかったんだから！

「いくら皮肉を言われても仕方がないだろう」彼はわざとらしくゆっくり言った。「どうりで、結婚した晩にきみは処女のようにびくびくしていたわけか。きみのような人間でも、赤の他人と結婚したら怖《お》じ気《け》づくんだな」マルは背もたれによりかかり、低い声で笑った。

「きみはこれから報いを受けなきゃならない」

グレンダは困惑した。「どういう意味？」

「そんな同情を引くような顔をするのはやめるんだ」マルは葉巻を置いて手を組み、その上に顎をのせた。「きみはぼくの言ってることがよくわかっているはずだ。もう芝居はやめるんだ！」

「本当にわからないのよ」グレンダは気丈にも言い返した。だが体の奥がずきずきうずいていた。体は彼の言っていることを理解しているかのように。

「この手を見てくれ」彼は黒い毛に覆われた手を差し出し、それから長くしなやかな指でグレンダを指さした。彼女は思わずびくりとした。「かわいい嘘つきのきみの運命はぼくの手に握られている」そう言うと、マルは手をぎゅっと握りしめた。グレンダの運命をひねりつぶそうとするかのように。

グレンダは彼の手からゆっくりと目を上げた。頬に刻まれた火傷《やけど》の跡が引きつれて、彼の顔がいっそう不気味に見えた。その後遺症で、彼女はふと思った。マルは火事にあったとき、焼けつくような痛みに苦しんだ。その後遺症で、人間らしい感情を持てなくなったのではないだろうか。わたしがだましていたのだから、彼が怒るのは当然だ。しかし彼の怒りは氷のように冷たく、それがわたしを震え上がらせるのだ。こうして暖かな日差しを浴びているいまも。

「結婚式のとき」グレンダはようやく声を出せた。「わたしは夢を見ているようにぼうっとしていたの。結婚証書にサインを書いたときに、ようやくわたしは自分が恐ろしいことをしてしまったことに気づいたわ。心臓が止まるかと――」

「心臓は止まらずに、ぼくの足もとに弱々しく倒れこんだというわけだ。ショックだったんだろう。若き近衛兵《このえへい》がきみを助けてくれなくて」

「そんなにひどいことを言わなくたっていいでしょう！　あなたには同情する心ってものがないの？」

「あるさ、でもそれをきみに向けるつもりはないね。きみはエディスの名誉を守りたかった。けれども心のどこかでブレイクに式場からさらっていってほしかったんだ。でも彼はそうしなかった。なぜだと思う?」

「わたしが聞きたくないって言っても、あなたは話すんでしょう」

「ああ。きみもそろそろ現実に目を向けたほうがいい。ブレイクは輝ける鎧《よろい》をまとった騎士のように見られるのが好きな男だ。だが、いざ槍《やり》を持っても、遠くから構えているだけで振り上げようとはしない。勇気を持って行動するよりも、自分の身を守るほうが大切だからだ。遠くでじっとしていれば傷つくこともないからな。それにもちろん近衛兵という職を棒に振る気もなかったんだろう」

グレンダは頭にかっと血がのぼった。鋭い槍をこの手で持って、マルロー・デアスの心臓を突いてやりたかった。「あ、あなたはサイモンのことを何も知らないわ。それなのに、ひどいことを言うのね。わたしが彼を愛しているから」

「愛だって?」マルはあざ笑うように眉をつり上げた。「きみはどうしようもないほど頭が悪いらしいな。きみの金髪の将校はぴかぴかに輝いているかもしれないが、ただの見かけ倒しにすぎない。ぼくのこの鉄のような意志には絶対にかなわない。彼はきみの夢の恋人なのかもしれないが、夫になったのはこのぼくだ」

マルは口を閉じ、それ以上はひと言も話さなかった。グレンダは彼の口もとから目を離せなかった。上唇は意志の固さを表すようにまっすぐで、下唇は大胆さを表すようにふっくらしている……そう、なんとも官能的だ。

彼女はそう思ったことを打ち消すようにあわてて言った。「あなたは真実を知ったのだから、わたしたちは離婚しなくてはならないわ、マル。でも正直に言ってほっとしたわ。あなたに嘘をつくのも、エディスの娘のふりをするのもいやでたまらなかったの。嘘をついたのはたしかにわたしが間違っていた――マル、どうしてそんな目でわたしを見ているの?」

陽光を浴びて、彼女の見開かれた目は金色に輝き、赤い髪もきらきら光っていた。ウェールズ人特有の雪のように白い肌は、彼女の着ているシルクのシャツのようにつややかだ。ほっそりした長い首に巻かれた金の鎖がまばゆい輝きを放っている。

「ぼくの家で離婚した者はひとりもいない」マルはおもむろに言った。「ぼくもそうするつもりはない」

「マル、お願いよ」彼女の唇は震えていた。体のなかのあらゆる神経がよじれてしまいそうだった。

彼はあざけるように彼女の顔を見まわした。「ぼくはハートウェルの娘ではなくて、目の前の魅力的な女性を見ているだけだ。その女性はたまたまぼくの妻になった。そういうことだ、わかるだろう?」

グレンダはテーブルの向こうのマルをなすすべもなく見つめた。相手を威圧するような強いまなざしにさらされて、自分が罠《わな》にかかってもがいている動物になったような気がした。

「わたしを自由にして、マル!」

「ぼくはきみに指一本触れていないぞ」彼はからかうように両手を広げた。

「わたしの言ってること、わかってるくせに!」

「そうすれば、サイモンのところに行けるからか?」

「彼を愛しているって言ったでしょう」

「ああ、覚えている。きみのとんでもない嘘もね」

「それは――」

「きみはずっととんでもない嘘をついていた。だからこれまでのことはすべて茶番だったんだ。ようやくいま、ぼくたちは真実に直面した。眠れる森のお姫様が目覚めるときがきたというわけだ。けれども起こしたのが、ハンサムな王子様じゃなくて残念だったな。ぼくの顔を見て、女性が怖がるのはわかっている。古典的な顔立ちのブレイクとは大違いだからな。けれども電気を消せば、この類の傷は見えない」

「でも」グレンダは食いさがった。「わたしが電気を消してと頼んだときに、あなたはそれが気に入らなかったんでしょう」

「ああ、そうだ。でも、ぼくはきみに気をつかう必要はなくなった。きみが大嘘つきのぺてん師だと知ったいまはね」

グレンダはたたかれたように身をすくませた。「あなたは容赦のない言葉でわたしを傷つけ、おとしめようとする。それなのにわたしと離婚はしないと言うのね。どうして？ あなたには離婚を言い渡す権利があるし、その証拠だって持っているのに」

「離婚は問題外だ」マルはきっぱり言った。

「どうして？」グレンダは困惑していた。「あなたはわたしが詐欺の片棒を担いだと言って責めたわ。それにわたしがサイモンを愛していることも知っている。だったらこれ以上、わたしに何をしろというの？」

「女性なら誰でもわかっているんじゃないのか。それともきみの女としての本能はまだ目覚めていないのかい？ 結婚式の夜、きみはどれだけ経験を積んでいるのか、たっぷり話してくれたじゃないか」

彼女は白い頬を赤く染め、マルから目をそむけた。「わたしと結婚生活を続けようとするなんておかしいわ！ あなたはこの結婚でほしいものを手に入れた。名実ともにノワール城の主人になり、会社の実権も握った。それもこれもわたしが間接的にあなたに協力したからよ。だから、お願い、わたしの気持ちも考えて――」

彼はグレンダをさえぎって言った。「九年前に亡くなった娘になりすまし、ウエディングドレスを着て結婚式にやってきたきみは、ぼくの気持ちを少しでも考えたのか？ 自分のことしか考えていなかったんだろう。結婚しなくても、ぼくはどうにかして城と会社を手に入れていたよ。きみがグレンダ・ハートウェルは亡くなったと正直に言ってくれれば、結婚は自動的に取りやめになったんだ。そんな簡単なことがわからないほど、きみはばかじゃないだろう！」

「わざわざ説明してくれてありがとう！」グレンダは唇をかみしめた。「あなたは自分の角度からしか物事を見ていないのよ」

「ぼくはきみに寛容な態度で接してきたつもりだ。きみにだまされていたというのにな。きみにはその償いをしてもらうつもりだ」

「わたしが？」彼女は内心の不安をおさえて、顎をぐいと上げた。

「そうだ、きみにな」

「わたしと離婚しないというのね。わたしとサイモンのことを知っているのに、なぜわたしを妻にしておきたいの？」

「ブレイクはきみの手を何度か握っただろう。キスだってしたことがあるかもしれない。けれども彼は臆病《おくびょう》だから、きみみたいなうぶな娘とそれ以上の関係を結ぶことはできないはずだ。欲望を満たす相手にはもっと世慣れた女を選ぶだろう」

「あなたと同じように？」グレンダはむきになって言い返した。

「ぼくが？」彼はあざ笑うように眉をつり上げた。「あいにくだが、ぼくはブレイクのように臆病ではないし、そんな保守的で古い考えをするほど年を取ってもいない。まだ三十だからな」

「もっと年上に見えるわ」マルの気持ちを傷つけてもかまわないとグレンダは思っていた。彼はサイモンやエディスのことをあしざまにののしり、彼女を傷つけてもかまわないと思っているのだから。

「傷のことをあてこするのはやめるんだ」彼は黒い眉を寄せた。「この火傷は名誉の負傷だ。そう言えばいくらかでも気休めになるのか？」

「そんなふうに言えば、わたしを説きふせられると思っているんだったら――」彼女はふいに口をつぐんだ。マルの目が鉄の冷たさを帯びて、彼女をひたと見据えたからだ。

「そんな口のきき方をするな！」彼のその声はまなざしに負けず劣らず鋭かった。「きみにはお仕置きが必要なようだな。怠惰で贅沢な暮らしに慣れたあの女に甘やかされて育ったんだろう？　あの女に引き取られなければ、自活することを覚えられたかもしれない。そうすれば着飾ることしか頭にない役立たずの女性にならずにすんだのにな。もちろん、そんな不道徳な女にもならずに」

「よくもそんなことが言えるわね！」グレンダは椅子を引いて立ち上がった。「わたしは一週間前に出ていくことだってできたわ。でもロバートのために残ったのよ。あなたのいとこたちといったら、レネはぶどう園の主人のことしか考えていないし、レイチェルはあなたと結婚してわたしの後釜《あとがま》に座る機会を虎視眈々《こしたんたん》と狙《ねら》っているだけよ！　わたしは……

わたしはあなたが、マルロー・デアスが憎いわ！」

「憎い？」マルはぱっと立ち上がり、あっという間に彼女のすぐ脇にやってきた。彼が襲いかかってくるような気がし、グレンダはミモザの茂みのなかにあとずさった。

「ええ、そうよ」彼女は息をあえがせた。「あなたが憎くてたまらないわ」

「だったらぼくたちはうまくやっていけるだろう」彼はグレンダの腰をつかみ、黄色いミモザの花をひょいと摘むように、いとも簡単に彼女を茂みから引きずり出した。「ぼくはきみの気持ちを気にかけないし、きみもぼくの気持ちを気にかける必要はない。愛し合っている人間は、相手のことばかり考えているから厄介なんだ。ぼくたちはそんな面倒にはわずらわされないんだから、うまくいくはずさ」

8

マルの言葉は聞き間違えようがなかった。グレンダの腰をつかむ彼の手と同じように、それが意味するところははっきりと伝わってきた。彼はこのまま結婚生活を続けようとしている。わたしを手放すつもりはないのだ。

「わたしがあなたと結婚生活を続けると思っているんだったら、あなた、どうかしてるわ！」グレンダは挑むように言い返した。「あなたがいくら領主のように振る舞おうとも、いまは中世時代じゃないのよ！ それに、わたしを木に縛りつけて、足もとに火をつけるように命じるわけにもいかないわ！」

「きみはとんだ想像力の持ち主だな、グレンダ！ エディス・ハートウェルが自分を守護天使だときみに思いこませるのは、さぞ簡単だったろうな」彼は手に力をこめ、やすやすと彼女を引き寄せた。レストランの庭にいた客たちはとっくに席を立ち、ロバートはりんごの木の下でぐっすり眠っている。店の窓からウエイターが外をちらりと見たが、抱き合っている恋人たちにもう少し時間をあげようと思ったかのように店のなかに引き返した。

マルの口からいやみな笑い声がもれた。「ぼくたちは中世時代には生きていない。けれども評判が傷つくのを恐れている人間もいるんだ。たとえば、裕福ではないが軍で出世したいという野心を持っている若き将校とかね。ブレイクは自分の恋人が、詐欺を働くために孤児院から引き取った野良猫だと噂《うわさ》されるのを好ましく思わないだろう。詐欺は犯罪なんだよ、グレンダ。ぼくと結婚する前はきみは無実だったかもしれない、でもいまは立派な犯罪者だ」

犯罪者という言葉がふたりのあいだを漂った。マルは彼女を最も怖《お》じ気《け》づかせる言葉を投げつけてきたのだ。野心のある若い将校にとってスキャンダルにまみれることは、あってはならないことだろう。グレンダはマルの目的が手に取るようにはっきりわかった。

もしわたしが出ていったら、エディスがデュバル・マルローをだましていたことを世間に暴露するだけでなく、サイモンも巻きこむつもりなのだろう。そうしたところでマルの評判はまったく傷つかない。わたしの愛したエディスとサイモンの評判が地に落ちるだけだ。

「あなたはわたしが逃げたら、エディスのことを公表する気ね、そうなんでしょう?」

「ああ」彼は容赦のない目を向けた。「追いつめられたら、人は驚くようなことができるものだ」

「追いつめられた? あなたが?」彼女の目は軽蔑《けいべつ》に満ちていた。「プライドの高いあなたは、わたしにだまされていたことが許せないのよ。お姉さんがわたしの目が緑色ではないことに気づかなかったら、あなたはいまでもわたしをエディスの娘だと思っていたでしょう。あなたは本物のグレンダもわたしもまったく気にかけていない。あなただって血の通った人間なんでしょう。どうしてそんなに冷たいの？」

「ぼくはただの男だ」マルは彼女をぐいと胸に引き寄せた。「だからきみの美しい体に惹《ひ》きつけられている。透き通るように白く、やわらかな触り心地の肌にね。そんなきみをどうして手放せる？　きみはいまやぼくのものだ。ぼくのものは、ぼくだけのものなんだ」

「それがあなたのモットーなの？」グレンダはじっとしていた。もがいても、彼の力強さを思い知るだけだからだ。マルは彼の男らしさを強調するかのように、スカートの上にたくましい太腿をぴたりと押しつけている。なんて憎らしい人なんだろう。けれどもマルは彼女がついた嘘《うそ》を見破っていた。サイモンに抱きしめられたことはあったが、マルとはまったく違っていた。サイモンにキスされたこともあったが、目で肌を愛撫《あいぶ》するようなマルのまなざしのほうが、心を揺さぶり、官能をそそられる……。

違うわ、サイモンはわたしを大切にしていてくれただけなのよ！

「ぼくたちふたりのモットーということにしようか、ダーリン」マルは力強い指を彼女の顎にかけて、目を向けさせた。「いいか、ブレイクのことは忘れるんだ。もし彼が立派な男だったら、名誉を捨ててでもきみを祭壇からさらって逃げたはずだ。きみだって心の底では傷ついているはずだ。なんせ彼はぴかぴかの制服を着て、きみがぼくと結婚するのを突っ立ったままぼけっと見ていたんだから」

「あなたって人は――」彼女は息を吸いこんだ。「わたしはエディスを愛していた。けれどもあなたがこんなにひどい人だと知っていたら、地の果てまで逃げていたわ。あなたは紳士ではないわ！」

「きみだって淑女じゃないだろう。きみはずる賢いエディスが旅先で拾った野良猫なんだ。きみはどうせ自分の本当の母親のことは何も知らない――」

「もう、やめて！」グレンダは傷ついた顔になった。「雑種の野良猫が気に入らないんだったら、さっさと追い出せばいいじゃない！」

マルは顎にかけた手に力をこめ、グレンダの顔を見つめた。「ぼくが追い出したら、どこに行くんだ？」

「あなたからできるだけ遠くに離れるわ」グレンダはそれでも彼が思い直し、彼女を自由の身にしてくれるよう祈っていた。「わたしたちはどんな結婚生活を送れると思っているの？」

「それは興味深いな。じっくり成り行きを楽しむとするか。さあ、ロバートを起こしてきてくれ。そのあいだに会計をすませるから」

「マル、お願いよ、血の通った温かい心を持って」

「きみはぼくの心は鉄でできていると言った。それなのにどうすれば温かい心を持てるんだ？」彼はグレンダを押しやり、手を離した。「早くロバートを起こしてくれ。家に帰るんだから」

「わたしにとっては家じゃないわ。これからも家にはならないわ！」

「だったらそこを牢獄《ろうごく》とでも呼ぶんだな」彼はポケットに手を入れて財布を取り出し、店のほうに歩いていった。

グレンダは彼の後ろ姿をぼんやりと見つめた。わたしはたしかに罰せられても仕方がないことをした。罰するときに、妻を打ち据える男性もいるだろう。しかしマルのやり方はそれよりも巧妙だ。彼は肉体ではなくて、わたしの心を打ち据えたのだ。

ああ、サイモン……。彼女は手を伸ばし、ミモザの花を摘んだ。サイモンに迎えに来てほしい。でも長距離電話をかけて、助けを求めたら、マルは脅しを実行し、サイモンの評判をおとしめるだろう。

マルはふつふつと怒りを煮えたぎらせている。彼は結婚しなくても、城と会社をいずれ手に入れるつもりだったのだ。それなのに、望まない妻、しかも人としての値打ちもない嘘つきの妻を押しつけられたことに憤慨しているのだ。

けれどもそんな妻でも女であることに変わりはない。女だというだけで彼が望むものを与えられるのだ。彼の業績を受け継がせる息子を。成長したらノワール城と〈マルロー社〉を相続させる息子を。

マルはサイモンのように礼儀正しくもないし、我慢強くもない。マルは少年時代を祖父に奪われ、製鉄会社の後継者になるために徹底的に仕込まれた。四六時中鉄に接しているうちに、鉄がいつしか彼の血のなかに溶け出し、感情をも支配するようになったのかもしれない。

「そんなところでぼうっとしてないで!」マルの声が彼女を現実に引き戻した。彼はいつの間にかロバートを抱き上げ、車のほうに向かっていた。グレンダがふたりのあとから車に乗りこむと、マルは日差しに照らされて金色に染まった道を通り、城へと車を走らせた。

城は青い空を背に銀色に輝いていた。眠気を誘う午後の光に包まれたその姿は、魔法の国の城のように幻想的だ。新緑の香りのする蔦《つた》の茂みが石壁から垂れさがり、塔のゴシック風の窓にはめられたガラスが緑の下できらりと光っている。

「塔のてっぺんは魔女の帽子に似ているね」ロバートは目を覚ましてそう言うと、後部座席からグレンダの首に抱きついた。

マルはわずかにほほ笑み、グレンダの顔をちらりと見た。「魔女が住むのにはふさわしい場所だな。そうだろう、ロバート?」

「叔父さんはグレンダのことを言ってるの?」

「ええ、そうよ。あなたの叔父さんは変わったユーモアのセンスの持ち主なの」

「グレンダは魔女じゃないよ、叔父さん」ロバートは真面目《まじめ》な顔で言った。「だって魔女は鼻の先にいぼがあるんでしょう」

「さあ、わからないぞ」マルは車を停《と》めた。「赤毛の猫のような目をした女性には気をつけるんだぞ。信用ならないからな。用心しないと首をへし折られてしまう。そんな目にあわないように、肩の上に頭をしっかりのせておくんだ。これは鉄則だ」

ロバートは鼻先をグレンダの首に押しつけた。「ぼくは女の子が好きだよ。だっていいにおいがするんだもの」

「それも魔法のうちなんだよ」マルは座席の背もたれに寄りかかり、ロバートを見やった。

「マル、ロビーの夢を壊すようなことを言うのはやめてちょうだい」グレンダはいたたまれなくなって口を挟んだ。

マルはグレンダに視線を移した。「ぼくが苦労して学んだことを甥《おい》っ子に教えただけだ」

「けれども女性がみんな、わたしのように罪深いとは、あなただって思っていないでしょう」彼女は自嘲《じちょう》をにじませて言った。「ロバートはわたしのような罪人とは出会わないわ」

「罪人って何？」ロバートは不思議そうにきいた。

「嘘ばかりついている詐欺師のことだ」

「そんな――」グレンダの心は沈んだ。たしかにわたしのしたことに言いわけはできない。

でも子供の前でまで責めるなんて、あまりに残酷な仕打ちだ。ロバートがわたしに反感を持つように仕向けているのだろうか。これも罰のひとつなのだろうか？　彼女はマルのあざけるような顔を見つめたが、何を考えているのかわからなかった。

「グレンダ、その平気で嘘をつくかわいい唇で、ぼくの言ったことを否定したいんだろうが、きみにはできないんだろう」

「マル、お願いだから――」彼女は心配そうにロバートを見やった。「これはわたしとあなたの問題でしょう。だからふたりだけになったときにいくらでもわたしを責めればいいわ。でもいまは――」

「ぼく以外の人間には愛くるしい天使だと思われたいのかい？」

グレンダの顔がかっと熱くなった。「わたしは天使をきどったことは一度もないわ。あなたは信じてくれないかもしれないけれど、わたしは考えるよりも先に、衝動的に行動してしまうことがあるのよ」

「我々人間は、ときとして愚かなことをしてしまう存在だからな」

マルは外に出て、後部座席のドアを開けた。「さあ、ロバート、お母さんに会えて安心したろう？」

ロバートは車から降りると、叔父の手を握った。「ママはいつ帰ってくるの？　そんなに長く病院にいなくてもいいんでしょう？」

「きちんと治るまで入院しなくてはならない」

「わかった」ロバートはうなずき、塔のほうを見やった。「それまで塔で寝てもいい?」

「だめだ。もうそろそろ自分の部屋に戻りなさい」マルはきっぱり言った。「もう小さな子供じゃないんだから。グレンダとぼくはふたりだけで過ごしたいんだ。結婚したらそうするのが当たり前なんだよ」

ロバートに救いを求めるような目を向けられたが、グレンダは声をかけることができなかった。彼女もまた、ロバートは母親が退院するまでエトワール塔にいるものだと思っていたのだ。しかしマルの目はそうではないと告げている。

「グレンダ、いいでしょう」ロバートは哀願するように訴えた。

「ごめんなさい、ロバート。でも叔父さんの言うことにはさからえないわ」

「わかってもらえてうれしいよ」マルはすげなく言う。

「叔父さんの意地悪!」ロバートはマルの手を振り払って玄関のステップを駆け上がり、城のなかに飛びこんでいった。グレンダはあとを追いかけようとしたが、マルに肘をつかまれた。

「アメリカに住んでいるロバートの祖父に、ロバートをしばらくあずけようと思っている。ジーンには精神的な治療が必要だ。パリにいい病院があって、そこに入院させることにした。本当は自殺を図るほど悪くなる前に入院させるべきだったんだが。ぼくが何よりも仕事を優先させてしまったのがいけなかったんだ。結婚よりも仕事を優先させたように」彼はそこで言葉を切り、グレンダをまじまじと見た。「まったく、どうしてぼくは十年前の娘が緑色の目をしていたことを覚えていなかったんだろう」

「マル、もういいかげんにして！」グレンダは彼の手を振り払おうとしたが、逆に肌に爪がくいこむほど強くつかまれた。

「もうもとには戻れないんだ」マルは歯をきしらせた。「ぼくたちは望もうが望むまいが、夫婦になってしまった。グレンダ、きみは悪魔のように美しい。あいにく、ぼくの心は全部鉄でできているわけではなくてね」彼は口の端をつり上げた。「ブレイクと肉体的な関係があったなんていう嘘はこれ以上つくな。きみが処女だということにぼくが気づかないとでも思っているのか？ 女性はひとたび経験すると、目の奥で男性を意識するようになる。ダーリン、きみはまったく意識していない」

「好きにすればいいわ。あなたを少しも愛していない女性とベッドをともにすることに耐えられるならばね」グレンダはさからうように言い返した。

「耐えられないことではない」マルは彼女の頬を指で撫《な》で、その指を耳たぶから首へと下ろしていった。それから顔を寄せ、指が触れたところを唇でたどっていった。「ぼくが兵隊さんを忘れさせてやるよ」彼の熱い息が肌にかかると、グレンダの体はおさえようもなく震えた。

「わたしはサイモンのことが――」

「声に心がこもっていないね。まるで雑誌の記事を読み上げているようだよ。ブレイクはきみの心をつかんだだけでなく、その白い純潔の体もものにするべきだったな。ぼくより先に」

「あなたって――あなたって最低の人間だわ！」

「そのとおり」彼は皮肉めいた口調で言う。「ぼくは怪物だからね。それはこの顔が証明してくれる」

「あなたの顔じゃないわ！　怪物めいているのは、あなたのその態度よ！」

「ぼくがこういう態度をとるのも無理はないだろう。結局のところ、被害者はこのぼくだからね」

「あなたはわたしをいたぶって楽しんでいるのよ！　瓶のなかに入れた蝶《ちょう》をいじめる子供みたいに！」

「ぼくがきみの羽をもぎ取ると思っているのか？　そんなひどい男だと思われているなんて傷つくな」

「わたしにはあなたを傷つけることなんかできないわ！　あなたは傷つかないように心に壁を張りめぐらせているんでしょう」

「きみみたいな女から身を守るために、男はそうしなきゃならないんだ。純真無垢《じゅんしんむく》ではかなげに見えるのに、赤の他人と結婚するようなことをぬけぬけとする女からね。ぼくが当事者じゃなかったら、その図太さに大いに感心していただろう」

グレンダはマルから顔をそむけた。服を引きはがし、体と心をあらわにするような彼のまなざしに心が乱れ、体を震えが駆け下りる。

「びくびくするのはやめるんだ」マルは命令した。「きみはぼくをだまして結婚したんだから、これから一生、ぼくと暮らさなくてはならない。だったら少しでも居心地よくしたほうがいいだろう。ぼくはそうするつもりだ」

「わたしに近寄らないで！」

「きみの言うことを聞くつもりはないよ、ぼくの美しい人」マルは唐突にグレンダを引き寄せて荒々しく唇を重ね、彼女の唇を舌でこじ開けた。グレンダは体に力が入らず、彼のされるがままになっていた。こんな気持ちになったのは初めてだった。インフルエンザにかかったときの脱力感とはまるで違う。体の芯《しん》から溶け出し、全身がとらえどころのない液体になってしまったかのようだ。

グレンダはふいに怖くなり、彼を押しのけようとした。「だめだ！」マルは唇を重ねたままそう言うと、痛いほど強く彼女を抱きしめた。「きみはぼくのものだ。だからもうブレイクのことは考えるな。彼のハンサムな顔も礼儀正しい態度も忘れてしまえ。こうなることを望んでいたのはきみだろう。きみが結婚したのはこのぼくなんだからな！」

それは否定しようのない事実だった。長身で浅黒い肌をしたこの傲慢《ごうまん》な男が夫なのだ。マルには彼女を抱きしめ、キスする権利がある。彼女を自分のものにする権利も。

グレンダは力なく顔を起こした。するとマルは突然、彼女を足もとからすくい上げた。

「ダーリン、もう一度きみを抱いて敷居をまたいでやろう」

マルは大股でステップを上がり、玄関に入っていった。玄関ホールのゴシック風の窓から金色の明かりがさしこみ、マルの火傷《やけど》した顔がふたたび炎に焼かれているかのようだ。豊かな漆黒の髪、大胆な線を描く鼻、炎がくすぶるような目。そんなマルの姿は、彼女をさらっていく略奪者のように見えた。

マルは彼女を抱き上げたまま広々としたホールの真ん中に立ちつくした。「まわりを見渡してごらん、ミセス・デアス。ぼくたちはこれからこの城を分かち合うんだ。もしほかの男がきみに指一本でも触れたら、ぼくはきみの首をへし折ってやるからな。裁判所はそれを激情に駆られた犯罪だと言うだろう、わかったかい？」

グレンダは少しもわかっていなかった。エディスとの生活で学んだ知識は、マルを理解するのにまったく役に立たなかった。マルは感傷的なイギリス人の血も引いているが、合理的なフランス人の血のほうが濃く、なんでも理詰めで考えるらしい。結婚したのなら一緒に暮らすのが当然だ、と。愛し合うことは大切だと思っていないのだろうか。

「あなたは人を愛したことがあるの？」気づくと、その言葉がグレンダの口から出ていた。

マルは皮肉っぽく眉を上げ、そっと彼女を地面に下ろした。「どういう意味だ？」彼の手はまだグレンダの腰をつかんでおり、力強い腕から彼の体温がスカートの生地を通して伝わってくる。「『トリスタンとイゾルデ』のような感傷的な愛のことか？」

「あなたがその名前を知ってるなんて驚きだわ。きっと相手のことを必要以上に思いやる愚かなカップルだと思っているんでしょう。あなたは情熱を錬鉄製の門やバルコニーの手すりにしか注げないんですものね」

彼は笑い声をあげた。「グレンダ、鉄と女性の扱い方は違う。いつか仕事場に連れていくよ。マルローの鉄がどのようにして作られるのか、興味を覚えるかもしれない。鉄がぼくの人生の一部であるように、これからはきみの一部にもなるんだから」

「わたしたちのことを考え直す気はないの？」

「ないね」彼はあざけりを含んだ声で言ったが、力強い顎が意志の固さを物語っていた。「きみにはこのノワール城で暮らしてもらう。きみはこれからずっとここに住むんだ。きみが結婚した男とな！」

「つまり――」グレンダは唇を震わせた。「わたしは許してもらえないのね」

「許すことがイギリスに帰すことを意味しているのなら、そのとおりだ」彼の表情と声が険しさを帯びていく。「ずいぶん軽い罰で許されたと思う者もいるはずだ。でも醜い顔をした夫に一緒に住めと命令されるのは、きみにとっては重い罰なんだろうな。けれどもぼくを愛せとは命じてはいないんだから、まだ幸せなほうじゃないか」

「あなたを愛するですって？」

「気を失うなよ、ダーリン」日は傾き、玄関ホールに影が落ちた。しかしマルの目のなかの光を消すほどには暗くなかった。「きみにはさまざまなことを要求するかもしれないが、愛だけは求めないよ」

グレンダは言葉を失ってマルを見つめた。女性に愛以外のすべてを差し出せと要求するのは、何も得られないということだ。マルはそれに気づいていないのだろうか。それはとりもなおさず、グレンダも彼からは何ひとつ与えられないのだ。

ホールの奥から使用人がやってきて、大きな錬鉄製のランプに明かりを灯《とも》した。グレンダはマルに背を向け、震える足で歩いていった。無力感にとらわれ、ただ呆然《ぼうぜん》としていた。するとメイドがお茶をのせたワゴンを押して書斎に入っていった。グレンダはぼんやりとそのあとをついていった。エロイーズ叔母が暖炉のそばの肘掛け椅子に身を沈め、うとうとしていた。春になったとはいえ、日が落ちるとロワール渓谷は肌寒い空気に包まれる。叔母は冷えきった手を温めるように暖炉の火のほうに手を投げ出していた。グレンダはバートン・ル・クロスの家で暖炉の前でよくお茶を飲んだことを思い出した。

エロイーズはカップとスプーンが触れ合う音で目を覚ました。するとすぐにグレンダの沈んだ顔を心配そうに見つめた。「診療所で何かあったの？　まさか、ジーンの容体が悪化したの?」

「いいえ」グレンダは答えた。「彼女は集中治療室から個室に移りました。病の峠は越えたようです」

「よかったわ! まあ、そもそもそんなことをするのがいけないんだけど、彼女が生涯忘れない教訓を学んでくれたことを祈るしかないわね。ねえ、お茶をついでくれないかしら。砂糖はいらないわ。健康に悪いもの。ビスケットは二枚お皿にのせてね」

グレンダはお茶をついだ。マルが来ないことにほっとしていた。エロイーズには好感を持っている。自分の病気のことで頭がいっぱいで、他人のことに干渉しないからだ。エディスもそうだった。グレンダに自分の趣味を押しつけようとはしなかった。グレンダは大人になってからそのことに感謝するようになった。人のことにあれこれ口を出すのはプライバシーの侵害だからだ。誰でも自分の好き嫌いを持つ権利はある。

そう思っているからこそ、グレンダは人を服従させるのが当たり前だと思っているマルの前では気後れしてしまうのかもしれない。彼に吸収されてしまうような気がするのだ。しかし結局何もできずに、彼の命令に黙って従うしかないように思えてしまう。

「何か思い悩んでいることでもあるの、グレンダ?」

グレンダは気づくと、お茶に手もつけずにぼんやりと暖炉の火を見ていた。とっさに首を振ったが、エロイーズは納得していない顔で言いつのった。

「わたしに話してみなさい。わたしも妻だったんだから、結婚がいいことだけではないことはわかっているわ。マルはやさしくしてくれる？ 詮索《せんさく》するつもりはないけれど、あなたにはアドバイスを求める母親がいないでしょう」

「やさしいお言葉をありがとうございます。でもわたしにはアドバイスは必要ありません」

「だったらあなたは運がいいわ。わたしが最初に結婚したときは、大いに戸惑ったものよ。だって男の人と暮らすのは、夢見ていたようなロマンティックなものでは全然なかったんですもの。男性はわたしたち女性とはまったく違うわ。男性はいつでも理屈で考えるから、女性がときとして感情を優先し、心で考えることをわかろうとしないの。いいこと、男性の皮膚はいろんな意味で女性の皮膚よりも厚いの。だから辛辣《しんらつ》な言葉が思っていたよりも深く、女性を傷つけてしまうことにも気づかないのよ。マルに何かいやなことを言われて、そのことについて悩んでいるの？」

「マルはときどきひどく辛辣なことを言うとは思いませんか？」グレンダは声をひそめた。「彼がわたしを傷つけようとして言ったのか、あるいはそんなつもりはなかったのか、わたしにはわかりません。彼はいつでも人にあんなにきびしくあたるんでしょうか？」

エロイーズは口にナプキンを押し当てた。「マルは家業のことしか考えなかったわたしの父に大きな影響を受けているわ。父は娘しか生まれなかったことにがっかりしたの。だからわたしの姉がマルを産んだとき、この城で育てるように口うるさく言ったわ。そしてもちろん、父の思いどおりになった。マルもジーンもこの城で育ったの。アルジェリアで争乱が起こったときに、ヨーロッパの人がそこにとどまるのは自殺行為だったんだけど、義理の兄は、つまりマルの父親ということだけど、自分が築いた農園に情熱もお金もつぎこんでいたから離れようとしなかった。もし子供たちが一緒にいたら両親とともに反乱軍に殺されていたでしょうね。マルは家業の製鉄所にすべてを捧《ささ》げるように教育されたの。やがて会社を切り盛りする才能だけではなくて、さらに発展させようとする野心を見せるようになって、わたしの父はそれは喜んだものよ」

叔母はそこで言葉を切り、もの思いにふけるように暖炉の火をじっと見た。それからふたたびグレンダに顔を向けて、皮肉めいた笑みを浮かべた。

「工場で作られる入り組んだ形の錬鉄製の飾りのように、わたしの父は複雑な考えの持ち主だったの。だからあんな理不尽な遺書を書けたのよ。墓に入ってからもマルに命令しようとして、言いつけを守らないならこの家を継がせない、なんて書き残したんだわ。マルのような意志の強い子にはそれを守るのは簡単なことではなかったはずよ。いまの時代、見合い結婚なんてする人はめったにいないわ。自分で選ぶ権利があるのが当たり前とされているんだから」叔母は関節炎をわずらった手を振り上げた。「まったく、いまの若い子には驚かされることばかりよ。簡単に深い関係になってしまうんだから。わたしたち年寄りには信じられないわ！　まあ、ともかく、そういうわけでマルが父に押しつけられた妻にときどきいらだつのもわかるの。根はやさしい子なんだけど、ジーンのことやらなんやらで重圧にさらされているから。だからマルがいつでも思いやりのある恋人でいてくれるなんて期待したらだめよ」

「そんなことは期待していませ――」グレンダはそこで言葉をのみこんだ。エロイーズには打ち明けられなかった。本当はマルのもとから逃げ出して、サイモンという愛する人のところに戻りたいのだ、とは。サイモンはマルと違って、部屋に入ってきたときや目が合ったとき、それに、そう、肌が触れたときに、神経をぴりぴりさせ、胸をどきどきさせることもないのだから……。

こんなことを告白したら、エロイーズはさぞかしショックを受けるだろう。その口ぶりから、彼女がマルに愛情を抱いているのは明らかだ。自分にも息子がいるのだから、いまや家族の長《おさ》となったマルに反感を抱いてもおかしくはないのに。

「あなたが何を考えているのかなんてお見通しよ」エロイーズは疲れたような笑みを浮かべた。「マルがあなたと結婚していなかったら、わたしの息子がこの城と会社を継いだんだと思っているでしょう。わたしはそうならなくてよかったと思っているわ」

「母親なのにどうしてそう思うんですか？」

「マシューはたしかにわたしの愛する息子よ。けれども彼は気の弱い子にありがちな間違いを犯したの。自分勝手で不満ばかり言う女性と結婚したのよ。彼女がこの城の女主人になったら、さぞかし有頂天になって喜ぶことでしょう。それにマシューが会社を継いだら、彼女はやたらに仕事に口を挟むようになって、きっとマシューとマルのあいだもうまくいかなくなるわ。けれどもいまの状態なら、彼女は何もできない。まあ、不満ばかり言ってるので、息子の人生はひどくなる一方だけれど。わたしにできることは何もないわ。いつか息子が彼女と別れるだけの勇気を持てるように祈るだけよ」

「息子さんに子供はいないんですか?」

「幸いなことにいないわ。彼女のような女性は母親には向いてないもの。あなたはきっといい母親になれるわ。ロバートの面倒をよくみていたもの。マルは家庭を持ちたいと思うタイプの男性よ。彼は生まれつき責任感が強くてやさしいから、わたしをこの城に住まわせてくれたの。義理の娘だったら、わたしを老人ホームに入れていたでしょう。彼女はずる賢い猫なの。マシューにもそう言ったんだけど、聞く耳を持たなかったわ。近ごろではもう何も言わないことにしたの」

「息子さんが不幸な結婚をしてるなんて、さぞかしご心配でしょう」グレンダは同情するように言った。

「母親に心配事はつきものよ。あなたもいまにそれがわかるわ。けれども涙の味を知らなくては、心から笑えないでしょう。人生は幸せと不幸の繰り返しよ。でもだからこそ生き

ているのよ。わたしの人生はたしかに自分で選んだものではないわ。でも
これは覚えておいて。マルはぶっきらぼうなところもあるけれど、愛情深い人よ。わたし
の具合が悪くなったとき、すぐにこの城に呼び寄せてくれたもの。わたしの血を分けた息
子は妻にかかりきりで、何もしてくれなかったというのに。けれども愚痴を言っても仕方
ないわ」エロイーズは両手を左右に広げてみせた。きっと昔はほっそりして美しい手だっ
たのだろう。しかしいまは、関節がむくみ、指輪が窮屈そうにはまっている。「年をとれ
ば、運命を受け入れるしかないのよ」

「わたしはまだ若いのに、受け入れるしかなかったんです」グレンダの声は苦しげに震え
ていた。

「つまり、マルを愛していないのに結婚したということ？」

グレンダはうなずいた。「わたしたちの結婚に秘密の約束があったなんて知らなかった」

「けれどもマルが名ばかりの結婚では満足しないことはわかっていたんでしょう？　名ば
かりの結婚があなたの望みなの？」

「何が望みかさえもわからなくて……。わたしは女優が役を演じているような気持ちで結
婚したんです。けれども目を覚ましたら、すべては現実に起こったことで、引き返すには
もう遅すぎた。そんな気持ちなんです」

「でもマルのことがきらいではないでしょう？」

グレンダは赤々と燃える暖炉の火を見やり、マルの姿を思い描いた。人を圧倒するほどの長身、傷のある横顔。黒炭のように黒いまつげ、炎がくすぶっているような鋼鉄の光を帯びた目を。

「彼はわたしのことを憎んでいます」グレンダはかすれた声で言った。そしてせきを切ったようにこれまでのことをすべてエロイーズに打ち明けた。そんなことをしたのは、エロイーズがエディスに似ていたからかもしれない。エディスとグレンダのあいだに秘密はなかった。一度だけ裏切られたことがあるが、それはマルと結婚しなければならないことをエディスが隠していたことだ。けれどもそれは彼女の最後の望みでもあったのだ。

「まあ、そんなことがあったの！」エロイーズは手で胸を押さえた。「それでわたしの甥は、あなたにだまされたことを知っているの？」

「ええ」暖炉の火に照らされたグレンダの顔は蒼白《そうはく》だった。「ジーンがわたしが本物のグレンダではないことに気づいたんです。彼女はそれを遺書に書きました」

「ジーンは遺書を書いていたのね。マルがそれをみんなに言わなかったのは、あなたのことが書いてあったからだったんだわ。あなたはずいぶんと向こう見ずなひどいことをしたのね。なるほど、不安そうな顔をしているわけだわね。もしわたしがあなただったら、隙《すき》を見つけてマルのもとを逃げ出していたでしょうね。先週、彼はジーンにつき添ってずっと診療所にいたわ。どうして逃げなかったの？」

「ロバートには面倒をみてくれる人が必要だったからです。何も天使をきどっているわけではありません」グレンダはあわてて言い足した。「わたしはロバートが好きですし、彼の面倒をみれば、せめてもの償いができると思ったんです。わたしはマルが考えているような金目当ての嘘つきではないんです。いままで人をだましたことは一度もありません。けれども、わたしを実の娘のようにかわいがってくれたエディスの最後の望みを断ることはできなかった。わたしはあのとき、どうすればよかったんでしょうか？」

「あなたは」エロイーズはそっけなく言った。「結婚する前にマルにすべてを打ち明けるべきだったのよ。そうすれば彼はあなたに敬意を払ったでしょう。けれどもいまの彼はあなたを疑っているわ。うまくいっているときだって、男性は女性のことを理解できないものなんだから。ねえ、彼の気持ちも考えてあげて。きっとあなたのことを純真無垢な娘だと思っていたのよ。それなのにその娘にずっと嘘をつかれていたことを知ったのよ。祭壇で結婚の誓いを唱えるときも、結婚証書にサインするときも、ずっと嘘をつかれていたね。その結婚は本当のグレンダが亡くなったときに取り消されるべきだったのに」エロイーズは首を振った。「あなたには同情するわ。でも、これ以上わたしには何も言えないわ」

「マルにわたしがそれほどひどい人間ではないと話してもらえませんか」

「できないわ。わたしはこの家に越してくるときに、甥の人生に口を挟むことだけはするまいと誓ったの。その誓いを破る気はないわ。これはあなた自身で解決しなければならない問題よ。マルに罰せられると思うんだったら、この城を出ていきなさい」

「彼はこの城を出ていくことを許してくれないんです」グレンダはため息をついた。「彼はわたしをここにおいて、ずっと罰を与えるつもりです。もしわたしが出ていったら、エディスがマルロー家をだまして援助を受けていたことを世間に公表すると彼に言われました。ただの脅しだったら、わたしは出ていきますけれど、彼が本気で言ってるように思えてならないんです」

「マルの性格からすると、彼は言ったことを本当に実行するでしょうね。名誉を重んじる人間は、相手が名誉を重んじるに値しないとわかったら、容赦のない行動に出るわ。あなたは窮地に立たされてしまったのね。けれどもそこから救ってあげることは、わたしにはできないわ。気の毒だけれど」

マルの叔母が彼の味方につくのは驚きではなかった。それでも彼女がマルのかたくなな心をやわらげ、この結婚は無効にするべきだと説得してくれるかもしれないと思わずにはいられなかったのだ。

「あなたの置かれた苦境はあなた自身が招いたものよ」エロイーズはふたたび言った。「わたしには忠告を与えることぐらいしかできないわ。いいこと、男性の心をやわらげるのは、閨房《けいぼう》のなかがいちばんよ。わかったわね？」

それこそグレンダが避けたいと思っていることだった……マルとふたりきりで寝室で過

ごすなんて！

9

それから二週間が経《た》った。グレンダはそのあいだ、マルの態度にすっかり困惑させられていた。食事どきに顔を合わせたときにそっけなく言葉は交わすが、それ以外はノワール城にグレンダがいることなど、彼は忘れてしまったかのようだった。

マルは脅すようなことは何も言わなかったが、グレンダはいっそう不安をつのらせた。毎朝ひとりで目覚めるたびに、マルは獲物を狙《ねら》う虎《とら》のように何をするかわからない、と自分に言い聞かせた。彼が仕掛けたゲームにわたしがだまされるのを待っているのかもしれない。そしてころ合いを見はからって襲いかかってくるのだ。猫がねずみをもてあそぶように、こうしてわたしをはらはらさせるのも罰のうちなんだわ！　彼女はそう思うようになっていた。

城のなかを歩くときは、常にびくびくしていた。城を美しいとは思うが、我が家だとは到底思えず、常に歓迎されざる客のように感じていた。

時間をつぶすために読む本には困らなかった。ガラスがはめこまれたキャビネットには本がぎっしり詰まっていたからだ。エディスが与えてくれた教育のおかげで、グレンダはフランス語もすらすら読むことができた。暇にまかせて塔の上の屋根裏部屋にも行ってみた。そこには古いおもちゃや時代がかったドレスなどさまざまなものがしまってあった。どれもそれぞれの時代にマルロー家の人々に大切にされてきたのだろう。

マルの子供のころのことが知りたくて、グレンダは屋根裏部屋の棚から古いアルバムを引っ張り出した。いくつかのアルバムに幼いマルが写っていた。たいてい黒い口ひげを生やした背の高い男性と一緒にいた。それがおそらくデュバル・マルローなのだろう。人に命令するのに慣れているような顔をしていた。その血がマルにも流れているに違いない。

グレンダは顔にほこりがついたことにも気づかずに、好奇心に駆られてアルバムのページをめくった。十六歳をすぎたあとのマルの写真は見つからず、グレンダはがっかりしたが、それでも端整な顔に生真面目《きまじめ》な表情を浮かべた若き日のマルの写真を見られたことで、事故で火傷《やけど》を負う前の彼の顔を思い描くことができた。

彼女はアルバムを閉じると何気なく、近くにあった古びた布張りの小さな箱を手に取って開けてみた。するとブラームスのワルツの調べが流れ出した。

いかにも子供部屋に流れているような曲だと思ったとたん、あわててオルゴールの蓋《ふた》を閉じた。その曲が考えないようにしていたことを思い出させたからだ。マルは今晩にでも寝室の戸口に立ちはだかり、あの鋼のような目で彼女を釘《くぎ》づけにし、愛してもいないのに手を伸ばしてくるかもしれない。彼は無理やりにでも子供を作ろうとするだろう。しかしそんなことが現実に起こったら耐えられそうにない。

彼女はオルゴールを押しやり、その曲から逃れるように部屋を飛び出し、よろめきながら螺旋《らせん》階段を下りていった。いちばん下の階段までたどりついたとき、黒い影が彼女にのしかかるように浮かび上がった。マルが乗馬ズボンにブーツという姿で立っている。

「こんなところで何をしているんだ?」マルは怪訝《けげん》そうに問いただした。「顔が汚れているぞ。屋根裏部屋で何か探していたのかい?」

「ええ、まあ」彼女は手すりにもたれかかった。脚から力が抜けてしまったかのようだ。

「あそこには古いがらくたがあるだけのはずだが。まあ、ちょうどよかった。これから朝のコーヒーを飲むんだが、つき合わないかい?」

グレンダは横に並んで歩いていった。馬のにおいのするマルは生命力にあふれていて、その男らしさに圧倒されずにはいられない。「ぼくと遠乗りに行かずに、なぜ屋根裏部屋なんかにひとりでいたんだ?」

グレンダは驚き、顔を向けた。「あなたが遠乗りに誘ってくれたことなんか一度もないじゃない」

「きみが行きたいと言ったことも一度もないじゃないか」マルは言い返した。居間に入っていくと、コーヒーとサンドイッチが用意されていた。彼はテーブルにつくと、すぐにサンドイッチに手を伸ばした。「コーヒーをいれてくれないか」

彼女はコーヒーをつぎ、マルに差し出した。すると彼はポケットからハンカチを取り出した。「さあ、顔を拭《ふ》いてから、屋根裏部屋で何を探していたのか教えてくれ」

グレンダは鏡を見ながらハンカチで顔についたほこりを拭いた。「暇をつぶしていたの」

「ロバートがいなくなってさびしいかい？」

グレンダはうなずいた。ロバートは迎えに来た祖父母に連れられてボストンに行ってしまった。そしてジーンがよくなるまでそこに滞在することになっている。ジーンはまだ地元の診療所に入院しているが、退院したら、今度は精神の治療を受けるために、マルがパリの病院に連れていくことになっている。

「ジーンは金曜日に診療所から退院できるそうだ」マルは、椅子に座るようグレンダをうながしてから、背もたれによりかかった。シャツの胸もとから汗できらきら光る胸がのぞいている。

「ジーンはいったん城に戻ってくるの？」

マルは首を振った。「いや、退院した足でそのまま飛行機でパリに向かおうと思っている。ここに戻ってきても、忘れてしまったほうがいいことを思い出すだけだからね。ジーンもまっすぐパリに行きたいと言っている。週末はそのままパリで過ごすつもりだ。きみも来るかい？」

グレンダは誘われるとは夢にも思っていなかったので、一瞬言葉を失った。それからすぐに行きたいと言いそうになったが、ある考えが頭をよぎった。なんといってもパリは美しい街だ……。もしかするとあのロマンティックな街で、マルは名ばかりの結婚はやめて、夫として当たり前のことをわたしに求めてくるつもりなのかもしれない。

「ぼくはきみの返事を待っているんだよ」

彼女はマルから目をそらした。「誘ってくれてありがとう。でもやめておくわ」

「その理由を聞かせてもらえるかな？」彼の声から楽しげだった響きが消えた。「エディスとたびたび旅行に出かけていたから、世界で最も洗練された街にもすっかりあきてしまったのかい？」

「そ、そうじゃないけれど――」

「だったら、ぼくが一緒だからか？　ぼくがいたらパリ旅行も楽しめないからかい？」

「わたしがいたら邪魔だからよ。ジーンを病院に入院させるために行くんでしょう。わたしは彼女にきらわれているわ」

「ジーンはきみがロバートの面倒をよくみてくれたことを知っている」

「だから厄介なのよ。彼女はわたしがロバートを奪おうとしたと思いこんだのよ。あなただってそれは知っているでしょう。だから、わたしは行かないほうがいいと思う」

「一緒に来てくれと命令したらどうする？」

「あなたは命令なんかしないわ」グレンダはマルに顔を向けた。そして危険な光を放つ目と頑固そうな顎を見て、彼がその気になれば命令できるのだと悟った。マルはわたしを愛していない。だからなんでも命令できるのだ。わたしを傷つけてもかまわないと思っているのだから。

「さあ、それはどうかな」マルは唐突に立ち上がり、彼女のすぐ隣まで歩いてきて、肩に手を置いた。「〝愛《いと》しのサイモン〟に誘われていたら、喜んでパリに行っていたんだろう。ぼくと行きたくないだけだろう、ええ？」

グレンダは身をすくませていたが、ふいに反抗心に火がついた。「ええ」彼女は大胆にも言い返した。「あなたとは行きたくないわ」

「だったら勝手にしろ！」マルは肩から手を離し、ブーツの音を響かせて部屋から出ていった。グレンダは激しく打っていた心臓がもとに戻るまで、そのままじっと座っていた。いったいいつまで彼と闘えばいいのだろう。このままでは心よりも体のほうが先に音をあげ、彼に屈服させられてしまうだろう。わたしのほうから折れて、休戦を申し出たほうがいいのだろうか。互いに相手を傷つける言い争いはもうやめて、心穏やかに暮らしたい。

グレンダの心は沈んだ。マルの傷ついたような顔が頭から離れなかった。マルはわたしが醜い火傷のある彼と一緒にいるのを他人に見られたくないのだと思っている。でもそうではない。パリに一緒に行くのを断ったのは、そこが恋人たちのための街だからだ。錬鉄製の美しい模様が刻まれたバルコニーは、愛するふたりが夜空の下で互いの目に映る星を見るために作られた場所なのだ……。

グレンダは自分の手が濡《ぬ》れていることに気づいた。知らず知らずのうちに泣いていたのだ。彼女はポケットからハンカチを取り出した。それはマルが渡してくれたハンカチだった。涙を拭くと、葉巻の香りがし、胸が締めつけられた。なぜこんな気持ちになるのだろう？ 良心がとがめるから？ もしかするとマルは、わたしをただ元気づけようとしてパリに誘ってくれたのかもしれない。

グレンダはぱっと立ち上がった。すぐにマルに会いに行って、彼の顔に傷があるからパリに行くのを断ったのではないと伝えたかった。

マルは馬小屋にいた。奥の小さな鍛冶《かじ》場でハンマーの音を響かせて、赤く焼けた鉄を鍛えていた。グレンダが戸口に立つと、彼は顔を上げた。その目は冷ややかだったが、それは偽りの表情だと彼女にはわかっていた。その目の奥に一瞬のうちに炎が燃え上がる激しさを秘めているのだ。グレンダは気を引きしめて近づいていった。

「今日はもう充分すぎるほどけんかはしただろう」その声は目と同じで冷ややかだった。

「まだけんかしたいんだったら、ほかの誰かに吹っかけてくれ」

「マル――」

「どうしたんだ、ダーリン？ 急にぼくへの愛情が芽生えたとでもいうのか？」

「あなたっていつも皮肉しか言わないのね！」

「皮肉以外に何を期待しているんだ？　ぼくにものわかりのいいやさしい夫になってほしいのか？」

「わたしはあなたにあやまろうと思って——」

「ぼくは聞き間違えたのかな？」彼は手を耳にあてた。「それともきみはあやまらなくてはならないようなことをしたのか？」

　彼女は顔を真っ赤にし、彼から目をそらした。「やっぱりわたしもパリに行こうと思って。あなたの顔に傷があるから断ったわけじゃないの」

「ずいぶんと心が広いんだな。嫌悪感をおさえてそんなことを言ってくれるなんて感激したよ。でもぼくのためにそんな犠牲を払うことはない。きみをパリには連れていく気はない」

「あなたにとってわたしは必要ない——」グレンダの声は尻つぼみになった。屈辱感に打ちのめされていた。わたしったらなんてばかなんだろう。彼に面と向かって断られることくらいわかりそうなものなのに。

「どんな気分だい？」マルは甘ったるい声で言った。「拒絶されるのは？」

「どんな気分になるか、あなたにはよくわかるはずよ！」彼女は声をとがらせて言うと、踵《きびす》を返して戸口に向かった。しかし彼は音もたてないしなやかな動きで、彼女が十歩も歩かないうちに追いつき、腰に手をかけて振り向かせた。それから彼女を抱き上げ、むきだしの肩に担いだ。

彼は何も言わずに足早に庭を横切り、塔に入って階段を上がっていった。グレンダは振り落とされないようにマルの体にしがみついていた。彼が激怒しているのがわかり、心臓が恐怖のあまり激しく打っている。寝室に入ると、マルはベッドの上に彼女を放《ほう》り投げた――まだ一度もともにしたことのないベッドの上に。

彼はこれからわたしとベッドを分かち合おうとしている。グレンダにはそれがわかった。マルを押しとどめる手立てがないことも。彼は荒々しく彼女のドレスを引きはがし、ティッシュペーパーでも破るように下着を引き裂いていった。グレンダは身をよじらせてもがいたが、彼は右手で彼女をベッドの上に釘づけにした。

「こうなったのはきみの責任でもあるからな」彼は歯をきしらせた。「この城に来たのはきみなんだから。けれども本当はぼくだってこんなふうにしたくなかった！」

「やめて――」マルがのしかかってくると、グレンダはかすれた声で彼の名前を呼んだ。しかしマルは容赦なく、熱を帯びた体を彼女の上に重ねてくる。ああ、とうとう恐れていたことが現実のものとなってしまった。グレンダはなすすべもなく思った。感覚をなくしたようにじっと横たわっていられたらいいのに。そうすればマルは当然の権利を行使する夫ではなくて、女性をレイプしているような気になるだろう。

体に鋭い痛みが走り、グレンダは我を失ってマルの肩を引き寄せて歯を立てた。皮膚が裂けて血が糸を引いてすっと流れ落ちる。マルは目を赤々と焼けた鉄のように光らせ、傷のある顔を彼女の赤い髪のなかにうずめた。彼の体からほとばしり出た情熱が、うねりとなって何度もグレンダに押し寄せた……。

部屋のなかは薄暗く、沈黙に包まれていた。日は沈み、夜の帳《とばり》が下りようとしていた。マルは大儀そうに腕をグレンダから離した。それから肘をつき、彼女を見下ろす。彼女の顔は青白く、目は大きく見開かれ、閉じた唇はキスの余韻ではれていた。

「ぼくはあやまらないよ」

「そうでしょうね」グレンダはものうげに言った。あたりがすっかり暗くなっていることに驚いていた。それはつまり、ここに何時間もいたということだ。マルは怒りをぶつけるように荒々しく彼女の体を奪い、すぐにベッドから出ていくのだろうと思っていた。しかしそうではなかった。いまも汗で湿った腰を彼女の肌にぴたりと寄せ、引きしまった脚を彼女の体の上に投げ出している。

「きみの嘘《うそ》は証明されたわけだ、そうだろう？」彼の息がグレンダの顔を撫《な》でた。

グレンダにはその言葉の意味がわかっていた。初めて男性とベッドをともにして、グレンダが痛みを感じていることにマルは気づいていたからだ。サイモンに抱かれていなかったことを知ったのだ。

マルはカバーをはねのけ、ベッドから出た。それから腕時計を見た。「信じられない！もう八時だなんて！　どうりで腹がすいているわけだ」

グレンダは何も言わなかった。するとマルはベッドの上に身をかがめ、彼女の顔を両手で包みこんだ。「大丈夫かい、お嬢さん？」

「わたしはもうお嬢さんとは呼べないわ」

「きみはぼくを挑発するのがうまいな。それはわかっているんだろう？」

「いま気がついたわ、マル」

「ぼくはきみが離婚を申し立てる正当な理由を与えたわけだ。裁判になったら、ぼくはきみに勝てないだろう」

「離婚——？」

「現在の法律では、夫が妻をレイプすることは許されない」マルはそう言うと、寝室から出ていった。ひとり残されたグレンダの頭のなかで、彼の言葉がいつまでも鳴り響いていた。

マルとジーンは予定どおり、金曜日にパリに向けて出発した。グレンダは一緒に行きたいとはもう言わなかったし、マルも誘ってこなかった。旅立つ日まで、マルは彼女のそばには近寄らず、食事どきに顔を合わせても、マスクをかぶったように無表情だった。金曜日になると、マルはグレンダに行ってくるとそっけなく告げて出ていった。

グレンダは彼の車が走り去るのを見つめながら、見捨てられたようなわびしさをかみしめていた。ふたりのあいだに起こったことを忘れることはできなかった。しかし彼は違うようだ。彼女にとっては心を揺るがす大きなできごとでも、マルにとってはたいしたことではなかったのだろう。

時間を忘れて彼の腕に抱かれていたときのことはいまでもありありと思い出すことができた。マルの情熱は彼女の心に混乱を引き起こした。そしてひとりになると、しきりにあの午後のことを考えるのだった。エディスと暮らしていたころは、男女の愛の営みについてあまり深く考えたことがなかった。カップルが子供を作ろうと決めたときにする実用的な行為にすぎないと考えていた。詩人たちがうたっているような特別なものだとは思っていなかった。

男と女が愛を交わし、感覚の世界に溺《おぼ》れることを知ったグレンダは、それがどういうことなのかようやく思い知った。マルのたくましい体が彼女に恍惚《こうこつ》の声をあげさせたことを思い出すと、頬がかっと熱くなる。体には彼の手の感触がまだはっきり残っている。それを思い出すたびに、骨までとろけそうになるのだ。

ジーンを病院に送り届けたあと、マルはパリでどのように過ごすのだろう? グレンダは想像をめぐらせた。彼だってあのロマンティックな街に行くのは初めてではないだろう。洗練された女性の友達がいて、連絡を取って食事に出かけるのかもしれない。そのあとベッドに誘い、あの午後のように情熱的に愛し合うのだろうか？

グレンダはその様子を手に取るように思い描くことができた。彼女はノワール城の庭のライムの木の下に座っていた。あたりには夾竹桃《きょうちくとう》とダマスクローズがベルベットのような大輪の花を咲かせている。しかしそんな美しい光景とは裏腹に、グレンダの胸は嫉妬《しっと》でナイフで刺されたように痛んだ。それでもひとりになってあれこれ考えずにはいられなかったので、土曜日の朝食の席でレネに地元のお祭りを見に行こうと誘われても断った。

「どうしてマルはあなたをパリに連れていかなかったの？」レイチェルは読んでいた新聞からふいに顔を上げて尋ねた。「あなたに一緒に来てほしくなかったのかしら」

「状況が状況だから」グレンダは肩をすくめた。「ジーンはわたしのことを義理の妹だとは認めていないでしょう」

「ジーンは正気じゃなかったのよ」レネがアプリコットのジャムをパンに塗りながら言う。「そもそも精神を病んでいなければ、パリの病院に入院する必要はないんだから」

「ジーンは頭がおかしいわけじゃないわ」レイチェルはぴしゃりと言った。「彼女はひとりの男性を深く愛しすぎてしまったのよ。それってどんな場合にも賢明なことではないわ。その人を失ったとき、未来に希望が持てなくなるから」

「でもジーンにはロバートがいるじゃない」レネは言った。「あなたはいつもわたしが感傷的すぎるって言うけれど、たったいま、感傷的なことを言ったのはあなたのほうよ。どうして考えを変えたの？」

「普通に考えれば誰だってそう思うわよ」レイチェルはコーヒーのおかわりをついだ。「愛は感傷的なものではないわ。現実的なものよ。傷つくこともあるし、生き方そのものが変わってしまうことだってある。小説のような夢物語とは違うのよ。ジーンを見ればわかるでしょう。ギルが亡くなったとき、ジーンの心は引き裂かれてしまったわ。あれが愛よ。あなたはそれに耐えられるかしらね」

「人を愛することはそんなにいやなことばかりではないわ」レネは言い返した。「あなたは悪いところしか見ていないのよ。グレンダだったらわたしの意見に賛成してくれると思うわ」

レイチェルはテーブルの向こうのグレンダに目を向け、言った。「いいえ、グレンダはわたしに賛成してくれるんじゃないかしら」三人は曇り空の下、ベランダに出て朝食を食べていた。

「どうしてそう思うの？」グレンダは顔を上げてそっけなく尋ねた。

レイチェルはマルロー家の血を引いていることをうかがわせる皮肉めいた笑みを浮かべた。「激しい恋をしているから。そうでしょう、グレンダ？」

グレンダは唐突に椅子を引いて立ち上がった。「手紙を書かなくてはならないの。わたしはこれで失礼させて——」

「ねえ、本当にお祭りに行かないの？」レネはふたたび誘いかけてきた。

グレンダは首を振った。「この空模様ではもうじき雨が降り出すわ。お祭りは雨が降ったらだいなしになるでしょう」

「ずいぶんとしらけることを言うのね！」レネが唇をとがらせた。

「彼女は機嫌が悪いのよ」レイチェルがあてこするように言う。「愛するだんな様がひとりでパリにいるのよ。誰と会って何をしているかなんて、わかったものではないわ。わたしだったら、夫をひとりでパリに行かせるようなことは絶対にしない」

「あなたに夫ができる日が来るのかしら」レネは言った。「あなたは根っからのキャリアウーマンだわ。男の人ってそういう女性とは距離を置くでしょう」

「そうかもしれないわね」レイチェルは肩をすくめた。「わたしは二流の男に嫁ぐんだったら、一流の仕事のほうを選ぶわ。わたしはグレンダみたいにやさしくて傷つきやすくないから。ねえ、グレンダ、もしわたしがあなたからマルを奪ったら、さぞかし罪悪感で胸が痛くなることでしょうね」

グレンダはその場に突っ立ったまま、言い返した。「ずいぶんはっきり言ってくれるわね」

「まあね」レイチェルはグレンダを見据えた。「ねえ、わたしが想像しているとおり、マルはベッドのなかで情熱的なの？」

「レイチェル！」レネの顔にはショックが浮かんでいる。「どうしてそんなことがきけるの？」

「嫉妬しているからよ。でもこれでわたしがマルと寝ていないことがグレンダにもわかったでしょう」

「それはわかっていたわ」グレンダはいくらか落ち着きを取り戻して言った。

「どうしてそう思ったの？」

「直感よ」

「わたしを見て、そう思ったの？」

「いいえ、彼を見て思ったの」

グレンダはそう言うと、すたすた歩いてベランダを出ていった。すっかり動揺し、体がとめどなく震えている。レイチェルに腹を立てているのではない。グレンダが恐ろしくて直視できなかった事実を、レイチェルがはっきりと言葉にしたからだった。

まさか、わたしが激しい恋をしているわけがない……それもマルに。

城の庭の奥にオレンジ色のアラセイトウの花に埋もれるように立っている東屋《あずまや》があった。グレンダはペンと便箋《びんせん》を持ってそこに向かった。そして籐《とう》の椅子に腰を下ろすと、便箋を開いた。サイモンに手紙を書き、イギリスに戻ることを知らせようと思っていた。マルは離婚という言葉を口にした。それはつまり、もうわたしを束縛するつもりはないということなのだろう。

グレンダは手紙を書きはじめた。が、すぐにペンが手から滑り落ちた。彼女ははじかれたように立ち上がって外に飛び出し、雨粒に濡れた花に顔を押しつけた。

マル、お願いだから、わたしを抱きしめて……あの日の午後のようにわたしのそばにいて。どうかお願いだから、そばにいて！

マルを求める思いがあふれ出し、グレンダの全身はわなないた。降りはじめた雨はしだいに激しくなり、恋に焦がれる彼女の体を打ち据える。マルとともに至福のときを過ごしたことをこれ以上否定できない……あの長い昼さがり、わたしの心のなかにいたのはマルだけだった。彼のキスは娘時代のあこがれを吹き飛ばし、本物の愛を運んできた。彼に触れられると、想像もつかなかった歓喜が体じゅうにはじけた。わたしはすでに彼のものだ。こうして雨のなかたたずんでいるいまも。彼がパリで誰かと会っているかもしれないこの瞬間も。

冷え冷えとした思いが胸に広がり、体がぞくりと震えた。そして自分がずぶ濡れになっていることに気づき、東屋に引き返した。ふたたび籐の椅子に腰を下ろし、雨に濡れる木々をぼんやりと見やる。あたりには結婚式のときと同じ甘い花の香りが漂い、それを吸いこんだ瞬間、あの日のマルの姿があざやかに頭によみがえった。彼女はようやく悟った。頬に残酷な傷のある男性を愛するようになるのは定められた運命だったのだ。ステンドグラスの窓の下で結婚の誓約を交わしたときから魔法にかけられていた……愛とは魔法にかけられたように相手に魅了されることなのだ。

けれどもマルはわたしに愛されていないと思いこんで遠くに行ってしまった。もう手遅れなのかしら。彼がわたしを愛してくれることはないの？

グレンダは背もたれに寄りかかって目を閉じ、雨の音に耳をすませた。昨晩はほとんど眠れなかった。ここで少しだけ眠れば、このもの思いから解放されて、いくらかでも気が静まるかもしれない……。

彼女はいつしか眠りに落ちていた。夢のなかで背の高い男性が東屋に入ってきて、彼女を黙って見つめた。彼がそこにいるのはわかっていた。けれども目を開けてしまったら、夢とともに彼が消えてしまうような気がして、じっと目を閉じていた。

「グレンダ」彼は深みのある声でグレンダが特別の存在であるかのようにそっと呼びかけた。「眠っているのかい？」

彼女はまぶたを震わせながら目を開けた。彼はまだそこにいた。暗い日差しのなかに長身の姿が浮かび上がる。彼はパリに行ったときと同じベージュのスーツを着て、茶色のネクタイをしていた。

「いいえ！」彼女は背筋を伸ばして目を見開いた。「わたしは寝ていないわ」

マルは身をかがめ、彼女の琥珀色《こはくいろ》の目をのぞきこんだ。「キスして起こそうかと思ったんだけど、きみはそんなことされたらいやだろう」

「いいえ」彼女はあわてて言った。「いやじゃないわ。お願い、キスして！」

次の瞬間、マルは彼女を椅子から抱き上げ、胸に引き寄せた。そしてむさぼるように唇を重ねた。ふたりの胸が合わさり、互いに激しく鼓動を打っているのがわかった。「きみと離れているのが耐えられなかったんだ」マルは彼女の髪をそっと撫でた。「ジーンを病院に送り届けたあと、すぐに帰りの飛行機を予約した。きみのもとに帰り、愛し合うことしか考えられなかった。頭がどうかなってしまうまで、きみと愛し合いたいんだ！」

グレンダは喜びのため息をついた。彼の首にしっかりと腕をまわし、手を黒い髪のあいだに差し入れる。「ああ、マル、これは現実のことなの？　わたしの頬をつねって。そうじゃないと夢を見ているとしか思えないから」

「きみにしてあげたいことはたくさんある。でも頬をつねりたいとは思わないよ」マルは彼女の顔にキスの雨を降らせ、最後にそっと唇で目に触れた。「きみが琥珀色の目をしていてよかった。ぼくは緑色の目をした女性は愛せない。きみしか愛せないんだ。きみはいままでも、あの兵隊さんを愛していると思いこんでいるから、ぼくを愛せないというのか？

さあ、どうなんだ？」

「サイモンはあなたよりもやさしいわ。でもあなたはマルなんですもの……そう、わたしが愛しているマルなのよ」

「本気で言っているように聞こえるぞ」マルは彼女を二度と離すまいと思っているようにぎゅっと抱きしめた。

「もちろん本気で言ってるわ」グレンダは手を伸ばして頬の火傷を撫で、それからそこにキスした。「あなたがわたしを置いてパリに行ってしまったとき、わたしは悲しくて死んでしまうかと思ったわ」

「もう二度ときみを置いてどこかに行ったりしない」彼はきっぱり言った。「あの日の午後、ぼくはあんなことをしてしまったから、きみにきらわれたと思ったんだ。でも途中でやめることはできなかった。これほど誰かをぼくのものにしたいと思ったのは初めてだ。きみはぼくのなかから悪魔を引きずり出す。きみにはそれがわかっているのかい？」

「あなたのなかに悪魔がいることはわかっていたわ、ダーリン。でも天使がいることもわかってる」グレンダは傷のある褐色の顔を見つめた。「わたしを許してくれるの、マル？」

「ぼくの腕に抱かれているきみが、こんなにかわいくて情熱的なのに、許さないわけにはいかないさ」

グレンダは問いかけるように彼を見つめた。「あなたは大人だわ。そんなあなたをがっかりさせてしまうんじゃないかと思って、わたしは怖いの」

彼は低い声で笑った。その喉を鳴らすような声に、グレンダの体に火がつき、喜びが体の隅々まで駆けめぐった。

「今日はなんてすばらしい日だ！　さあ、塔の上のぼくたちの部屋に行って、ふたりだけでゆっくり過ごさないかい？」

「いいわね」

マルロー・デアスは大切な戦利品のように花嫁をしっかり胸に抱き、家へと戻っていった。

●本書は、2011年7月に小社より刊行された作品を文庫化したものです。

尖塔の花嫁

2023年12月1日発行　第1刷

著　者　ヴァイオレット・ウィンズピア

訳　者　小林ルミ子（こばやし　るみこ）

発行人　鈴木幸辰

発行所　株式会社ハーパーコリンズ・ジャパン
東京都千代田区大手町1-5-1
03-6269-2883（営業）
0570-008091（読者サービス係）

印刷・製本　中央精版印刷株式会社

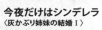

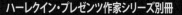

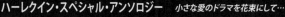